유튜브 곡담

유튜브 괴담

박현숙 장편소설

꿈꾸다

 차례

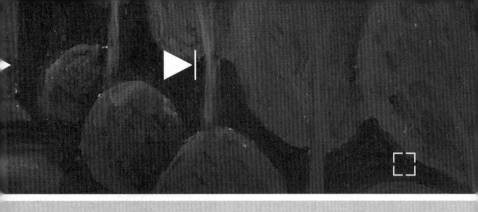

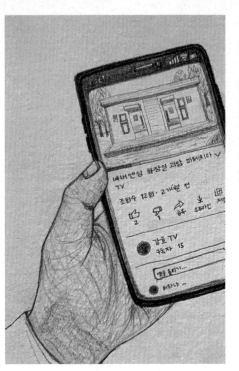

소리담 화장실 괴담 1부

"넌 꿈이 뭐냐? 하고 싶은 게 뭐냐고?"

205호 할머니가 물었다. 이런 뜬금없는 질문은 처음이다. 205호 할머니와 나는 꿈이니 뭐니 이런 고급스러운 대화를 나눌 정도의 사이가 아니다.

"그러는 205호 할머니는 꿈이 뭐예요? 하고 싶은 게 뭐냐고요?"

상대의 질문에 대한 핵심이 잘 짚어지지 않을 때는 되묻는 게 최고다.

"내 나이 칠십이 내일모레인데 꿈은 무슨, 되는대로 살면 되는 거지."

205호 할머니가 툭 내뱉듯 말했다.

오늘 따라 왜 이리도 밤 날씨가 맑은지 205호 할머니의 얼굴이 달빛에 고스란히 드러났다. 눈가 주름이 깊었다. 그런데 의외였다. 205호 할머니의 나이가 일흔도 되지 않았다니.

솔직히 팔십 정도는 된 줄 알았다. 백 살이라고 해도 믿을 사람이 수두룩할 것 같기도 했다.

"저도 마찬가지예요. 그냥 뭐 되는대로 살면 되는 거지요."

"나 따라서 말하는 거냐?"

"아니요. 진심인데요."

앞뒤 정황상 따라 하는 것처럼 보일 수는 있으나 진심이었다.

"206호, 너 몇 살이냐?"

"열다섯 살이요."

"열다섯 살밖에 안 처먹은 놈이 세상 다 산 애늙은이 같구나. 아이구야, 오늘도 안 올 모양이다. 그만 들어가야겠다. 달빛이 참말로 곱다, 고와."

205호 할머니가 엉덩이를 털고 일어났다. 205호 할머니 무릎에 포개어 있던 달빛이 나풀거리며 허공으로 올라갔다.

"205호 할머니."

"왜?"

"저, 열다섯 살밖에 안 처먹은 놈 아닌데요. 열다섯 살밖에 안 처먹은 년인데요. 여자라고요."

"년이든 놈이든 그게 그리 중요해? 놈으로 불리거나 년으로 불리거나 그건 그리 중요한 게 아니야. 별걸 다 갖고 시비네. 그나저나 왜 한밤중에 잠은 안 자고 밖에서 이러고 있냐? 바닥에 머리 닿으면 바로 잠들 나이에 잠이 안 와서 서성거리는 건 아닐 테고. 그제부터 물어보고 싶었던 말이다."

"그러는 205호 할머니는요?"

"뭘 물어보면 고분고분 대답할 줄 모르는구나. 싸가지 없는 고약한 버릇이 있는 게 내가 알고 있는 어떤 놈하고 닮았네."

한밤중 205호 할머니와 1층 화단 앞에서 만나는 게 오늘로 사흘째다. 긴 화단 턱 중간에 앉으면 편안한 자리가 있는데 바람 쐬러 나오는 사람, 담배 피우러 나오는 사람, 전화하러 나오는 사람들이 가장 즐겨 찾는 곳이다. 첫날과 둘째 날은 둘 다 아무 말도 하지 않았다. 불과 1미터 정도의 간격을 두고 앉아 모른 체하기는 쉬운 일이 아니었다. 하지만 서로 아는 체할 사이도 아니었다. 205호 할머니와 나는 같은 아파트, 같은 층에 서로의 앞집에서 몇 년을 살았지만 단 한 번도 말을 붙여 본 적이 없는 사이였다. 그런데 사흘째 되는 오늘 뜬금없이 꿈이 뭐냐는 질문을 했다. 어쩌다 보니 사흘을 계속 만났고, 그래도 이웃사촌이라는 말이 있는데 무슨 말이라도 붙여 봐야 하지 않나, 이런 생각이 들었을 수도 있다. 나도 잠깐 그런 생각이 들었으니까. 하지만 가족이 몇 명이냐, 아빠는 뭐 하시냐 같은 신상에 대한 질문을 하는 건 실례인 것 같고 얼떨결에 나온 말이 꿈인 것 같았다. 어른이 아이에게 가장 편하게 물어볼 수 있는 말, 그중에서도 고급스러움이 흐르는 말이 바로 꿈일 것이다.

205호 할머니가 앉았던 자리에 달빛이 쌓였고 달빛 위로 한밤중의 시간도 차곡차곡 쌓여 갔다. 오가는 사람의 발길이 뚝 끊겨서야 집으로 들어왔다.

"아, 진짜 왕짜증. 잠 좀 자자, 잠 좀 자. 너, 몽유병이냐? 밤중에 잠 안 자고 왜 그렇게 돌아다녀?"

가라가 짜증을 부렸다. 불도 켜지 않은 채 더듬거리며 자리를 찾아 누웠다.

잠이 오지 않았다. 어둠이 흐르는 소리, 고요가 흐르는 소리, 시간이 흐르는 소리까지 귓가에 쟁쟁거렸다. 귀를 막아 봐도 소용없었다.

이불을 뒤집어쓰고 오랜만에 〈네버엔딩 화장실 괴담 파헤치다 TV〉에 들어갔다. 우리 반 강호의 개인 방송이다. 강호의 말에 의하면 꿈속에서 누군가의 계시를 받고 석 달 열흘을 냉수 목욕으로 공을 들인 다음 만든 방송이라고 했다. 우리나라의 화장실 중에 무시무시한 괴담을 가지고 있는 화장실을 찾아 그걸 파헤치는 방송인데, 말만 들으면 구독자가 넘쳐 날 거라는 생각이 들지 않았다. 처음 방송을 시작할 때만 해도 강호는 돈을 너무 많이 벌면 어쩌나 걱정했다. 하지만 강호가 불쌍해서 구독해 주는 우리 반 아이들 몇몇 외에는 구독자가 늘지 않았다. 취지와는 다르게 긴장감 제로, 호

기심 제로, 축축 늘어지는 치즈처럼 하품 나오는 전개, 그런 방송으로 성공하면 그게 더 이상한 거였다.

얼마 후 강호는 방송 시간을 바꾸었다. 자정을 앞둔 시간으로 말이다. 화장실 괴담의 최고봉은 자정이다. 또 하나, 백 퍼센트 현장 방송하는 것으로 바꾸었다. 긴장감은 팽팽해졌다.

- 〈네버엔딩 화장실 괴담〉을 사랑해 주시는 여러분. 오늘 저는 소리담 화장실을 찾아왔습니다.

"미친 거 아니야?"

나는 이불을 뒤집어쓴 채 자리를 박차고 일어났다.

아무리 구독자에 목이 말라도 그렇지, 소리담 화장실이라니. 강호, 미쳐도 단단히, 제대로 미쳤다.

소리담 화장실은 도시 한가운데 있는 공원 화장실이다. 우리 동네에서 멀지 않은 곳에 있다.

원래 소리담 공원은 공원이 아니었다고 한다. 그냥 빈터였는데 나무가 많고 잔디도 있어서 사람들이 많이 찾다 보니 어느 날부터인가 자연스럽게 공원이 되었다. 거기에다 편리하게도 화장실까지 갖추고 있었다. 소리담 공원을 이용하는 사람들은 물론, 도시 중심에 있다 보니 길을 오가는 사람들 중에도 화장실을 사용하는 경우가 많았다. 소리담 공원 주변

공터에 점차 새로운 건물들이 들어서도 그곳은 여전히 사람들의 휴식 공간으로 남아 있는 고마운 장소였다.

그런데 어느 날부터인가 소리담 공원 화장실에 대한 괴담이 인터넷에 등장했다. 아기를 업은 귀신이 화장실 세면대에서 손을 씻고 있다는 것이었다. 처음에는 청소하는 사람이 퍼뜨린 소문이라는 말이 있었다. 청소하는 일이 너무너무 고되고 힘들어서 화장실 사용을 못 하게 하려고 말이다. 하지만 어느 날, '청소부의 고백'이라는 글이 소리담 화장실 괴담이 올려진 사이트에 올라왔다. 자신을 청소부라고 소개한 글쓴이는 절대 자신이 퍼뜨린 소문이 아니라는 말과 함께 아기 업은 귀신을 봤고, 무서워서 청소 일을 그만두었다고 했다. 일도 그만둔 마당에 쓸데없이 헛소문을 퍼뜨릴 리 없었다.

아기 업은 귀신이 손을 씻고 있는 모습을 더 많은 사람이 목격했다. 그러자 점차 그 화장실을 사용하는 사람도 공원에 가는 사람도 줄어들었다. 그리고 지금은 도심 한가운데 자리한 공포의 장소가 되었다.

- 저기 화장실이 보이는데요. 가까이 다가가 보도록 하겠습니다.

어둠 속에 일렁이는 화장실을 보자 을씨년스러운 공기를 직접 마신 듯 등골이 오싹해졌다.

- 여러분……, 꼴깍!

마른침을 삼키는 강호의 얼굴이 클로즈업되었다. 어둡기는
했지만 겁에 질린 듯한 모습은 고스란히 드러났다. 평소보다
유독 동그란 눈, 그리고 흔들리는 표정, 강호는 떨고 있었다.
내가 누구냐, 강호와 십 년을 아침저녁으로 얼굴 보고 산 사
이다. 어린이집에서 처음 만나 초등학교를 거쳐 중학교까지
강호와는 찹쌀떡 인연처럼 쭉 달라붙어 같이 다니고 있는 중
이다. 그러다 보니 강호의 표정만 봐도 무슨 생각을 하고 있
는지 대충 짐작할 수 있다. 그렇다고 해서 내가 강호와 친하
다는 뜻은 아니다. 꼭 친한 사이가 아니어도 오랫동안 매일
보다 보면 어느 부분에서는 표정으로 마음을 읽을 수 있는
경지까지 오른다.

- 약속대로 저는 오늘 혼자 이곳에 왔습니다. 드라마도 단막극
은 재미가 별로 없습니다. 단 한 번에 모든 걸 볼 수 있으니까요. 저
도 단 한 번에 모든 걸 보여 주는 재미없는 방송은 하지 않습니다.
예고해 드린 대로 소리담 화장실은 총 5부로 나누어 방송하기로 하
겠습니다……. 꼴깍!

'저러다 최강호 기절하겠다.'

마른침을 꼴깍꼴깍 삼키는 폼이 기절 직전으로 보였다.

5부로 나누든 10부로 나누든 그건 강호 자유지만, 과연 5부까지 갈 수 있을지 그게 의문이었다. 강호 뒤로 보이는 어둠은 짙고 으스스한 기운을 한껏 뿜어내고 있었다.

- 가까이 가 보겠습니다.

희미한 가로등 불빛 아래 자리 잡은 화장실이 심하게 흔들렸다. 강호가 얼마나 떨고 있는지 알 수 있었다. 도무지 애처로워서 봐 줄 수가 없었다.

- 오늘 1부는 화장실 주변만 보여 드리는 겁니다. 저는 오늘 화장실 앞, 옆, 뒤를 샅샅이 보여 드리도록 하겠습니다. 아기 업은 귀신이 화장실 밖에서 활동하지는 않는지 그것 또한 궁금하실 거 같아서 말이에요……. 꼴깍.

- 터벅터벅

발소리와 함께 화장실이 점점 가까워졌다. 강호는 화장실 입구에 멈춰 섰다. 화장실로 들어가는 문은 살짝 열려 있었고, 그 문으로 길게 늘어진 거미줄이 어둠을 가르며 춤을 추고 있었다.

'뭐지?'

나는 화면을 뚫어져라 쳐다보았다.

가로등 불빛에 희미하게 드러나는 주면 나뭇잎들은 전혀 흔들리지 않았다. 바람이 없다는 증거다. 그런데 줄을 타고 올라가는 거미도 없는 거미줄이 흔들리고 있었다. 거미줄을 흔들리게 하는 게 뭔지 상상했더니 심장이 요동치기 시작했다. 저 화장실, 진짜 뭐가 있는 건가?

강호는 화장실 앞부분을 천천히 화면에 담았다.

- 화장실 안은 2부에서 보여 드리기로 하고 옆으로 한번 가 보겠습니다.

화면에 화장실 옆면이 나타났다. 벽에 낙서가 보였다. 나무 그림자와 뒤섞인 낙서는 도무지 형체를 알아볼 수 없었다.

- 낙서를 자세히 보죠. 음, 욕이 제일 먼저 눈에 들어오고요, 몇 년도 몇 월 몇 일에 이곳에 왔다 가다, 라는 글도 보이네요.

- 타박타박

서서히 화장실 뒤편이 화면에 보이기 시작했다.

- 흡!

아주 짧은 소리가 스치듯 지나갔다. 비명을 삼키는 소리 같기도 하고 고통을 참는 듯한 소리 같기도 했다. 그리고 흔들리던 화면이 고정되었다. 강호가 멈춰 섰다는 뜻이다. 고정된 화면에는 까만 하늘이 보였다.
'무슨 일이지?'
한순간 심장이 쫄깃해졌다.

- 타박타박

화면은 고정되었는데 발소리가 들렸다. 머리카락이 서는 느낌이었다. 나는 숨을 멈추고 화면을 뚫어져라 쳐다보았다.
강호는 움직이지 않는데 발소리라니! 분명 강호는 혼자 저 곳에 갔다고 했다.
시간이 멈춘 듯했다. 화면은 움직이지 않았고 강호는 어떠한 멘트도 하지 않았다. 발소리가 더는 들리지 않았다. 그 시간은 꽤 길었다. 무슨 일이 생긴 건 아닌지 걱정될 무렵.

- 1부는 여기까지입니다.

급하게 화면이 꺼졌다. 화장실 뒤편은 보여 주지 않은 채 말이다. 다음 시간에 만나자라든지, 2부를 기대하라는 인사치레의 멘트도 없었다. 무슨 일이 있는 건가? 다급하게 방송을 마친 것이나 강호처럼 허세 갑인 애가 이 밤중에 여기에 온 중학생은 자신밖에 없을 거라는 자화자찬의 멘트를 남기지 않은 게 이상했다. 꾹꾹 눌러 주세요! 마구마구 눌러 주세요! 슈퍼챗을 날려 주셔도 절대 사양하지 않아요, 강호의 단골 멘트가 없는 것 역시 이상한 일이었다.

"오라, 너 왜 안 자고 사람 신경 쓰이게 만들어? 언제까지 이불 뒤집어쓰고 앉아 있을 건데?"

짜증 섞인 가라의 목소리에 정신이 번쩍 들었다.

"가라야, 잠깐 일어나 봐."

어차피 잠을 방해한다는 욕은 얻어먹는 거고, 예민한 성격 탓에 찰나의 순간과 작은 틈도 허투루 보지 않는 가라의 촉이 필요했다. 나는 가라에게 강호 방송 1부가 석연치 않게 끝났다는 말을 했다.

"그러니까 한마디로 똥 누고 밑 안 닦은 것처럼 방송을 끝냈다는 말이지?"

표현 한번 확실했다. 바로 그거다.

"너는 그것도 모르냐?"

가라는 시큰둥하게 말했다.

"강호가 구독자를 늘리려고 머리 썼네. 모든 걸 다 보여 주는 멍청한 방송은 절대 인기를 못 끌어. 그건 오라 너도 잘 알고 있잖아. 오늘 모든 걸 다 낱낱이 보여 주겠습니다, 이러고 방송마다 단골 멘트를 쓰지? 그거 다 뻥이야. 그 말은 가장 재미있는 것은 잠깐 숨겨 놓겠습니다, 이런 뜻이야. 오라 너는 이런 점도 잘 알고 있잖아? 오늘 강호 방송을 본 사람들은 무슨 생각을 하겠니? 너처럼 강호 걱정을 하는 경우도 많을 거야. 그래서 다음 방송을 기다리는 거지. 순진한 사람 홀리는 방법은 그게 최고야. 어쩜 강호 방송도 곧 구독자가 폭발하듯 늘겠는데. 이제 그만 자자. 이러다 밤 꼬박 새우게 되면 너 내일 아침에 나한테 죽는다."

가라가 돌아누웠다.

"한 가지만 더. 강호는 분명 혼자 갔다고 했는데 누군가 또 있는 것 같았어. 강호가 서 있는 게 확실할 때 발소리가 들렸거든."

"바보야, 혼자 갔다고 한 걸 믿냐? 백오라, 너 같으면 한밤중에 거길 혼자 가겠냐?"

"그럼 누구랑 같이 가고선 거짓말을 한다는 말이야? 방송에서 그런 식으로 거짓말을 하면 신뢰를 잃게 돼. 그러면 시끄러운 문제에 휩싸이게 되고 오래가지 못해. 그러잖아도 요즘 개인 방송들이 얼마나 시끄러운데."

"으이구, 백오라. 너는 유튜브가 무슨 공영방송인 줄 아니? 온갖 거짓말이 난무하고 가짜 뉴스가 판치고 불법 홍보에 성매매까지 혀를 내두르게 하는 곳이 유튜브 세상이야. 유튜버들 중에는 사람들을 홀려 돈 벌 목적으로 방송하는 사람들이 넘쳐난다고. 물론 그렇지 않은 사람들도 있겠지. 자신이 꼭 하고 싶은 걸 소신 있게 하는 사람들 말이야.

백오라, 강호는 지금까지 이것저것 여러 가지를 방송했어. 하지만 자신만의 콘텐츠는 없었어. 남들이 인기를 끈다 하면 그걸 따라 하느라고 바빴지. 내가 유튜브는 잘 보지 않는데 강호가 하도 불쌍해서 구독해 주었거든. 그래도 어린이집부터 지금까지 같이 지낸 의리로 말이야. 강호는 돈 잘 버는 유튜버들처럼 되고 싶다는 욕망으로 방송을 한다는 증거지. 하지만 머리가 잘 안 따라 주는데 뭔 수로 난다 하는 유튜버들을 따라갈 수 있겠니?

부푼 꿈을 안고 시작한 방송인데 첫날부터 백오라 너한테 딱 걸린 걸 보면 그 방송도 앞이 훤히 보인다, 보여. 하여간 너는 너무 순진한 게 문제야. 그렇게 순진하니까 속고 사는 거지."

가라는 "순진하니까 올 사람 안 올 사람 구분도 못 하지. 잠 안 자고 나가서 백날 기다려 봐라, 오나. 절대 안 오지"라고 중얼거렸다.

강호 얘기를 하다가 왜 갑자기 그쪽으로 흘러가는지 모르겠다.

엄마는 온다. 꼭 온다. 돌아온다는 말은 남기지 않았지만 말로 하지 않아도 무언으로 전해지는 그 뭔가가 있다. 나는 엄마가 떠나던 날, 돌아서는 엄마의 눈빛에서 다시 돌아올 거라는 확신을 얻었다. 당장은 쪽팔려서 집을 떠나지만 언젠가는 꼭 올 거라는 믿음을 보았다.

수상한 발소리가 사라졌다

강호에게는 아무 일도 일어나지 않았고 강호 방송의 구독자는 소리담 화장실 1부 방송 이후 눈에 띄게 늘었다.

방송을 본 아이들은 방송을 끝내는 강호의 행동이 뭔가 석연치 않았는데, 혹시 아기 업은 귀신을 본 게 아니냐고 물었다. 강호는 소리담 화장실에 관한 모든 것은 방송 외에는 절대 말하지 않을 거라며 입을 다물었다. 그러나 발소리에 대해 의문을 제기하는 아이는 아무도 없었다.

'못 들은 걸까?'

나는 강호에게 발소리에 대한 이야기를 물어볼까 하다가 그만두었다. 다른 아이들은 그 문제에 대해 아무 의문을 제기하지 않았다. 그런데 굳이 그걸 밝혀 구독자가 늘고 '좋아요'가 늘어서 신이 난 강호를 곤란하게 만들고 싶지는 않았다. 그래, 강호 방송이 공영방송은 아니다. 거짓과 가짜가 난무하는 유튜버 중에 강호 한 명 더 없는다고 해서 큰일 날 일도 없다. 어리숙하고 불쌍한 강호. 그럼에도 불구하고 뭔가 해 보려고 노력하는 그 모습이 가상해서라도 응원해 주고 싶었다.

"최강호, 진짜 궁금한 게 있는데 소리담 화장실에 대한 이야기는 방송에서 말고는 절대 말하지 않겠다고 했지만 너무너무 궁금해서 참을 수가 없어."

그때 성찬이가 진지하다 못해 심각한 표정으로 말했다.

"뭔지 모르지만 묻지 마. 소리담 화장실에 대한 이야기는 오직 방송에서만."

강호는 잘라 말했다.

"아니, 지금 물어봐야겠어."

성찬이는 강호를 뚫어져라 바라보았다.

성찬이는 현재 잘나가는 유튜버다. 성찬이는 청소년 크리에이터 공모에 나가서 상을 받았다. 성찬이가 만든 지구 살리기 다큐 방송은 전국 중고등학교에서 수업 시간에 틀어 줄 정도로 인기가 많았다. 성찬이는 적어도 남들이 하니까, 인기를 얻기 위해, 또는 돈을 많이 벌 것 같아서 방송을 하는 시시한 아이는 아니다. 내가 아는 성찬이는 방송을 좋아하고 사랑하는 아이다. 그건 많은 사람이 인정한다.

〈남중생도 예쁠 권리가 있다〉

성찬이의 개인 방송인데 뷰티 방송이다. 여드름이 나지 않는 방법과 피부를 잘 관리하는 방법을 방송하고 특별한 날 가볍게 할 수 있는 메이크업도 보여 준다. 방송을 보다 보면 전문성이 떨어지는 부분도 많다. 예를 들어 세수할 때 얼굴을 박박 문지르는 걸 보여 줄 때면 세수를 하는 게 아니라 얼굴 가죽을 벗겨 내는 수준이다. 뷰티 방송은 차고 넘친다. 그런데도 전문성이 떨어지는 성찬이는 인기 가도를 달리고 있다. 비전문적이고 뜨악 하는 부분도 많은 성찬이 방송이 인기를 끄는 이유가 뭘까 생각해 본 적이 있다.

일단은 공감대 형성이었다. 10대 남학생들의 피부는 최악인 경우가 많다. 어느 중딩 네티즌은 '거울을 볼 때면 가죽을 한 꺼풀 벗겨 내고 싶은 생각이 간절하다'라는 고백을 하기도 했다.

피부도 곱지 않은, 곱기는커녕 고름이 꽉 찬 여드름이 듬성듬성 난 얼굴로 뷰티 방송을 시작한 성찬이, 그 얼굴로 방송을 하면서도 장난기라고는 눈곱만큼도 찾아볼 수 없는 진지함의 성찬이, 성찬이는 그렇게 또래들의 공감을 얻어 내고 방송을 하면서 구독자들과 같이 조금씩 조금씩 나날이 진화했다. 피부는 좋아졌고 좋아지는 걸 넘어서 광이 나고 있다. 그런 것들이 성찬이에 대한 믿음을 갖게 했고 인기를 얻게 하는 것 같았다.

- 신뢰받는 방송이 생명이 길다.

　성찬이는 이 말을 충실히 이행하는 아이였다.

"소리담 화장실에 혼자 간 거 맞아?"

　성찬이의 질문에 강호가 흠칫 놀랐다. 표 내지 않으려고 했지만 내 눈에 정확히 포착되었다.

　성찬이도 들었구나, 발소리를!

"그 질문에는 대답할 가치가 없다."

　강호는 애써 태연한 표정을 지었다. 에이그, 최강호! 뻔뻔해지려면 아직 멀었다. 유튜버로 성공하려면 그 정도 멘탈로는 어림도 없다. 나는 놀라는 표정을 감추지 못하는 강호가 안타까웠다.

"아니면 그곳에서 누굴 만났다든가."

"아니. 누구랑 같이 가지도 않았고 누구를 만나지도 않았어. 됐냐? 이 이상의 말은 안 할 거다. 방송으로 말할 거야."

"1부 방송을 그렇게 끝낸 것과 화장실 뒤편하고 무슨 관련이 있는 거니? 너는 1부에서 화장실 앞, 옆, 뒤를 보여 준다고 했어. 그런데 왜 화장실 뒤편은 보여 주지 않았어? 그리고 말이야, 네가 1부 방송을 급하게 마무리할 때 내가 뭘 본 것 같기도 하고. 그림자 같았는데. 네 그림자 말고. 그것 때문에 보여 준다는 거 다 보여 주지 않고 급하게 방송을 끝낸 거 아닌가 하는 생각이 문득 들었거든."

"뭔 말도 안 되는 소리야?"

강호가 발끈했다. 혼자 갔는데 무슨 그림자? 그리고 급하게 마무리한 거? 아니거든. 5부까지 하려면 1부에서 너무 많은 걸 보여 주면 안 되니까, 거기에다 예기치 못하게 휴대전화 배터리가 다 되어서 뚝 끊어지기 전에 급하게 마무리를 하느라고, 셀카봉에 문제도 생겼고, 어쩌고저쩌고, 강호는 횡설수설했다. 저렇게 순진해서 어떻게 그 세계에서 살아남을지 불쌍하고 가여웠다.

"뭐야. 뭔가 비밀이 있는 거 아니니?"

"그럼 강호가 거짓말한 거야? 혼자 간다고 해놓고 누구랑 같이 간 거야? 하긴 한밤중에 거길 혼자 갈 정도로 강호가 간이 크지는 않지."

"같이 간 사람이 화장실 뒤편에 서 있다가 화면에 잡힐 뻔한 거야? 성찬이가 말한 그림자 말이야."

아이들이 웅성거렸다.

"나는 혼자 갔어."

강호는 증거도 없이 다른 사람을 모략하는 건 명예훼손에 해당한다고 했다.

"최강호, 네 방송을 다시 봐. 거기에 네 발소리 말고 다른 발소리가 있으니까."

성찬이는 비장한 웃음을 날렸다. 성찬이 말에 아이들은 당장 확인하고 싶어 했지만 수업이 끝날 때까지는 휴대전화 사용 금지였다.

"나는 혼자 갔는데 성찬이 네가 뭘 보았다면 그건 귀신이 겠지."

강호는 어금니를 꽉 깨물고 말했다. 그 말에 교실은 더 시끄러워졌다. 소리담 화장실 괴담이 헛소문은 아닌가 보다, 강호 방송에 기대가 크다, 강호야, 진짜로 괴담을 파헤쳐 줘라, 등등.

수업이 끝나고 강호 방송 1부를 다시 봤을 때는 발소리가 없었다. 귀신이 곡할 노릇이었다. 수업시간에는 휴대전화를 사용하지 못하기 때문에 강호가 편집을 했을 리 없었다.

"남이 잘되는 꼴은 못 보겠다! 바로 이런 심리 아니겠니? 자신만이 인기 있는 유튜버이고 싶은데 다른 사람이 치고 올라오는 게 불안하고 두렵고 배 아프고."

강호는 성찬이에게 이렇게 말했다. 발소리! 그 증거가 사라진 마당에 성찬이는 더는 할 말이 없는 것 같았다.

생각할수록 이상하고 요상하고 수상한 일이었다. 그 발소리는 대체 어떻게 사라진 걸까?

그때 머릿속이 번쩍했다. 방송을 본 사람 중에 나와 성찬이 외에 발소리를 들은 사람이 있을 수도 있다. 만약 그 사람이 강호와 친한 사이라면 당장 강호에게 말해 주었을 거다. 그러니까 어젯밤 방송이 끝나고 바로 편집했을 수도 있다는 말이다. 그 생각을 하면서 강호를 바라보았다. 설마 강호에게 그런 친구가 있을까? 아무래도 그런 친구는 없을 것 같은데.

"백오라, 잠깐 보자."

교실에서 나오는데 성찬이가 따라오라는 턱짓을 했다.

"너지?"

사람을 분리수거장 옆에 세워 놓고 성찬이는 다짜고짜 물었다. 앞뒤 말은 다 잘라먹고 뭘 묻는 건지 알 수가 없었다.

"딱 네 솜씨였어."

뭔 솜씨? 성찬이가 내 솜씨를 어떻게 안담. 성찬이는 내가 끓인 라면을 먹어 본 적도 없고 냉장고를 털어 마구잡이로 넣고 달달 볶은 볶음밥도 먹어 본 적 없는데 갑자기 솜씨 타령이람.

"강호는 그렇게 깔끔하게 편집 못해. 그리고 그보다 어제 촬영 말이야, 묘하게 감추는 부분, 보는 사람의 호기심을 자극하는 구도로 정확하게 촬영하는 솜씨, 그거 강호 솜씨 아니야. 누군가 뒤에서 코치를 한 거지. 그런데 나는 왜 자꾸 오라 네가 떠오르는 거지. 오라, 너 방송 시작하기로 마음먹은 거야? 절대 방송하지 않을 거라더니 왜 마음이 바뀐 거니?"

"뭔 말이야?"

"뭔 말은 뭔 말? 모른 척하지 마. 백오라, 너 강호랑 그런 사이였어?"

"그런 사이라니, 그게 무슨 뜻이야?"

"몰라서 물어?"

성찬이의 입꼬리를 타고 내리는 야릇한 미소에 짜증이 제대로 솟구쳤다. 나는 뭐, 이상형도 없는 줄 아나.

"소설 쓰지 마. 네 멋대로 나를 주인공으로 해서 쓰는 소설은 진심으로 사절이야. 짜증 난다고."

성찬이는 진지하고 자신이 하는 일에 최선을 다하는 아이다. 그건 인정한다. 그런데 의심을 하기 시작하면 상대방이 지쳐서 기절할 때까지 달달 볶는다. 그러다 보면 의심은 의심을 낳고 그 의심은 또 다른 의심을 낳는다. 낳기만 하면 괜찮다. 자신이 낳은 의심에 영양분을 투여해서 마구마구 키운다. 의심은 자라면서 구체적으로 형체를 잡아 간다. 처음에는 형체가 없던 황당한 의심이 영양분을 먹으면서 형체를 잡으면 단지 의심이 아닌 사실처럼 변한다.

나는 성찬이로 인해 피해를 입었다. 그 피해는 내 인생에 있어서 가장 큰 영향을 줄 수도 있다.

나도 성찬이와 같이 청소년 크리에이터 공모에 참여했었다. 하지만 입상을 하고 난 다음 프로젝트를 시작하기 전에 그만두었다. 각자 만들어 냈던 동영상에서 나와 성찬이의 아이디어가 비슷한 부분이 있었다. 성찬이는 나를 의심했다. 성찬이는 나에게 그 아이디어에 대해 말한 적이 있었다고 몰았다. 내 기억에는 그런 적이 없었다. 성찬이는 끈질기고 집요했다. 자꾸자꾸 듣다 보니 내가 진짜 성찬이에게 그 아이디어에 대해 들은 적이 있는 것 같은 착각이 들었다. 그 착각은 점점 더 또렷하게 형체를 잡아 갔다. 그리고 성찬이로부터 진지하게 그 아이디어를 듣고 있는 내 모습이 머릿속에 그려졌다. 나는 나를 괴롭히기 시작했다. 다른 아이의 아이디어를 아무렇지도 않게 훔쳐 쓴 아이. 나는 내 자신을 용서할 수가 없었다. 부끄러웠다. 그래서 깔끔하게 그 프로젝트에서 빠졌다. 그리고 방송을 하고 싶다는 생각조차도 접었다.

모든 걸 그만두었을 때 나는 성찬이한테 그 아이디어에 대해 들은 적이 없다는 걸 알게 되었다. 우연히 초등학교 5학년 때 일기장을 읽었다. 초등학교 5학년 때 나는 방송 피디가 꿈이었다. 피디가 되면 하고 싶은 방송을 일기에 쭉 적어 놓은 부분이 있었다. 나는 거기에서 내가 만든 동영상의 씨앗을 찾아냈다. 하지만 뒤늦게 성찬이에게 그 문제에 대해 따지고 어쩌고 할 상황이 아니었다. 내가 일기를 본 그다음 날, 엄마가 집을 나갔으니까. 엄마의 가출은 나를 송두리째 흔들었다.

"잘못 짚었어."

"뭐?"

"나는 강호 방송과는 아무 상관도 없어. 물론 같은 반이고 하도 구독 좀 해 달라고 애걸복걸하니까 구독은 하지만 말이야."

나는 차갑게 말했다.

"그럼 강호가 진짜 혼자 그걸 찍었단 말이야? 소리담 화장실에 혼자 가서?"

"강호가 혼자 갔든 누구랑 같이 갔든 나하고 뭔 상관이야? 그 의심은 여기서 끝내. 더 키우지 말고. 한 번은 참았지만 두 번은 안 참아."

나는 성찬이를 노려보았다.

"네가 참은 게 뭔데?"

성찬이가 따졌다. 그래, 돌을 던진 사람은 언제 어디에서 돌을 던졌는지 기억하지 못하겠지. 하지만 돌을 맞은 개구리는 기억한다.

나는 구구절절 말하고 싶지 않아 입을 다물었다. 어차피 나는 방송에 대한 꿈은 접었으니까. 지금은 단지 엄마를 기다리는 아이일 뿐이다.

집으로 돌아오며 강호 방송을 떠올렸다. 성찬이의 말이 맞는 점은 분명 있었다. 화장실 입구에서 춤추듯 흔들리던 거미줄. 그 거미줄의 흔들림을 극대화시키는 잠잠했던 나뭇잎

그림자. 그리고 뭔가 공포가 가득했던 강호의 눈동자. 소리담 화장실 괴담을 파헤치는 방송을 하면 화장실과 주변을 화면에 담기도 바쁘다. 자신의 얼굴을 보여 주는 건 계획하지 않으면 쉽지 않은 일이다. 강호가 전에 했던 개인 방송을 떠올리면 엄청난 발전이었다.

'어디서 수업을 받나 보지.'

다시 생각해 보니 그랬다. 강호도 돈 내고 수업을 받고 있을 수도 있다. 미친 듯 매달려 노력하다 보면 강호라고 해서 세련된 방송을 하지 말라는 법은 어디에도 없다. 수백만 구독자를 둔 유튜버가 되지 말라는 법도 없다. 발소리가 궁금하긴 하지만, 그 점에 있어서 강호가 의심스럽기는 하지만, 그렇다고 해서 성찬이 편을 들고 싶지 않았다. 성찬이는 배가 아파서 강호 방송을 파헤치려고 하는 게 분명했다. 내가 거기에 동참할 이유는 없다.

아파트 앞에 도착했을 때 5, 6라인 입구 앞에 앉아 있는 여자가 눈에 들어왔다. 낯익은 모습에 누구더라, 기억을 더듬는 순간 그 사람이 나를 발견했다.

"아."

그제야 그 사람의 존재가 퍼뜩 떠올랐다. 급하게 뒤돌아섰지만 너무 놀라서인지 발걸음이 떨어지지 않았다. 그러는 사이 그 사람이 다가왔다. 나는 아랫입술을 질끈 깨물었다.

"엄마 안 왔니?"

"안 왔는데요."

나는 덤덤한 표정을 지으며 뒤돌아보았다.

"진짜야? 어디에 있는지도 모르고? 연락도 안 왔어?"

"그럼 진짜지요. 우리 엄마가 어디 있는지 제가 더 궁금해요. 혹시라도 엄마를 찾으면 저한테 연락 좀 해 주세요."

말 한 마디 한 마디 할 때마다 목 안에서 나무 탄내가 올라왔다. 엄마라는 말만 들어도 울컥하고 슬픔이 올라왔는데 덤덤한 척 슬픔을 숨기는 일은 사실 감당하기 벅찬 일이었다. 그럴 때마다 내 가슴이 까맣게 타들어 간다는 느낌을 받았다. 그 느낌을 받은 뒤부터 자꾸만 나무 탄내가 났다.

"그러는 아줌마네 아저씨는 소식 없어요? 집에 안 돌아왔느냐고요?"

나는 여전히 덤덤한 척, 아무렇지도 않은 척, 마음은 이미 얼음이 된 척 가면을 쓰고 물었다.

"왔으면 내가 여기에 왔겠니?"

"아줌마 그러지 마세요."

"뭘?"

"자꾸 여기 찾아오지 말라고요. 저는 아줌마 얼굴 보고 싶지 않거든요. 설마 제 얼굴이 보고 싶어서, 우리 아빠 얼굴이 보고 싶어서 찾아오는 건 아니겠지요?"

아줌마가 대답 대신 입술을 깨물었다. 말을 하지 않았지만 눈빛만 봐도 무슨 생각을 하고 있는지 충분히 알 수 있었다.

"아줌마가 자꾸 여기 찾아오는 거, 그거 말도 안 되는 거예요."

아줌마는 깨문 입술에 힘을 주었다. 입술이 파랗게 질렸다. 볼일을 봤으면 그만 가 주었으면 좋겠는데 아줌마는 한참이나 더 내 곁에 서 있었다.

"아줌마, 아저씨 기다리지 마세요. 돌아올 거면 도망갔겠어요?"

너무 매몰차게 말한 것 같아 한마디했다.

엄마를 애타게 기다리고 있는 내가 아줌마에게 할 말은 아니었다. 아줌마는 이렇다 저렇다 말없이 돌아갔다. 아줌마가 아파트 모퉁이로 사라지고 난 뒤 어디선가 바람처럼 가라가 나타났다.

"에이씨. 집에도 못 들어가고 한참이나 서 있었네. 왜 자꾸 우리 집에 찾아와? 자꾸 찾아오니까 꼭 우리가 가해자 같잖아?"

가라는 투덜거리며 집으로 들어갔다.

누가 가해자고 누가 피해자인지는 중요하지 않다. 중요한 건 사건의 중심에 있었던 사람들이 사라졌다는 거다. 그리고 돌아오지 않고 있다는 거다. 아니, 어쩌면 영영 돌아오지 않을 수도 있다. 가라 말처럼 말이다. 나는 아줌마가 찾아오는 날이면 마음이 흔들린다. 다른 날에는 엄마가 꼭 돌아올 거라고 굳게 믿지만, 아줌마가 찾아온 날이면 엄마가 오지 않을 수도 있다는 불안감에 떨린다.

"네가 엄마라면 집에 돌아오겠니? 그 아줌마도 되게 웃겨. 상식적으로 생각해 봐도 답이 나오는데 왜 자꾸 찾아와."

집 안에 들어와서도 가라는 계속 투덜거렸다.

"백오라, 라면 좀 끓여. 세 개 끓여라, 배고파."

라면을 세 개 끓이라고 말하는 걸 보면 가라의 스트레스가 엄청난 모양이다. 세 개를 끓여 봤자 반도 못 먹는다. 그러면서 스트레스를 받을 때마다 왜 세 개를 고집하는지 나는 아직 그 이유를 모른다. 아무튼 가라가 라면 세 개를 끓여 달라고 말하기 시작한 것은 엄마가 집을 나가고 난 후였고, 점점 그 횟수가 늘어나고 있다.

나는 라면 세 개에 달걀 세 개를 풀어 끓였다.

"열 받아. 백오라, 너 나 엿 먹이는 거냐? 내가 달걀 푼 라면 안 먹는 거 몰라? 왜 달걀을 풀고 지랄이야? 끓여 주기 싫으면 싫다고 말하면 되는 거지. 왜 자꾸 달걀을 푸느냐고?"

그러면 끓여 달라고 하지 말고 자기 스스로 끓여 먹든가.

"야, 싸가지야. 누가 보면 내가 네 동생인 줄 알겠다. 비록

한 시간 차이의 언니지만 엄연히 내가 언니야. 언니가 동생
건강 생각해서 비싼 달걀을 세 개나 풀어 라면 끓여다 바쳤
으면 고마워하며 처먹지는 못할망정 어디다 대고 성질이야.
처먹기 싫으면 관둬."

　나는 김이 폴폴 나는 라면을 싱크대에 들이부었다.

아무나 방송하는 거 아니에요

화단 턱에 앉아 멍하니 하늘을 쳐다보고 있는데 205호 할머니가 나왔다. 나와 눈이 마주친 205호 할머니 눈빛에 반가움이 역력했다. 한번 말을 텄다고 친한 척하려는 게 분명했다. 205호 할머니는 나와 1미터 정도 거리를 두고 앉았다.

"누구 기다리는 거냐? 딱 눈치를 보니 그래."

"그러는 205호 할머니는 누구 기다리세요? 눈치를 보니 누굴 목 빠지게 기다리는 거 같아요."

"고분고분 대답하는 법이 없군. 고약한 습관이야, 쯧쯧."

잠시 적막이 흘렀다.

"그 뭐시냐……"

205호 할머니가 엉덩이를 밀며 다가앉았다. 나는 205호 할머니가 다가온 만큼 옆으로 비켜 갔다.

"이건 아주 진지하게 묻는 말인데 그 유튜브인가 뭔가 알지?"

"요즘 그거 모르는 사람이 어디 있어요? 유치원에 다니는 애들도 유튜브 다 봐요. 보기만 하나요, 실제 영상도 찍어요."

인터넷에서 다섯 살 아이가 찍었다는 영상을 본 적이 있었다.

- 여떠분, 저는 지금 밥을 먹꾸 인는데요, 긴치하고 고기하고 김을 먹꾸 이떠요.

발음도 제대로 되지 않는 아이는 유튜버 흉내를 냈다. 그 영상 댓글에는,

- 얼마 후면 으앵 하고 태어나는 아기가 '으앵, 저는 지금 세상에 나오고 있는 중인데요' 이러고 방송을 하겠군.

이런 말도 있었다.

"그거 휴대전화만 있으면 할 수 있는 건가?"

"당연하지요. 원래 대부분의 사람들이 휴대전화로 유튜브를 봐요. 컴퓨터나 노트북으로 보려면 번거롭잖아요."

"아니, 보는 거 말고."

"예?"

"보는 거 말고 직접 그걸 하려면 휴대전화로도 가능하냐

이 말이지. 내 말은, 돈 들여서 비싼 카메라 사고 그럴 필요는 없는 거냐, 이걸 묻는 거라고."

나는 내 귀를 의심했다. 205호 할머니가 직접 개인 방송을 한다는 말인 것 같았다. 물론 너도 나도 다 하는 게 개인 방송이고 자유민주주의 국가에서 하든 말든 개인의 자유지만, 그래도 뭔가 콘셉트는 있어야 한다. 노인들의 개인 방송은 특히 더 그렇다. 수십만의 구독자가 있는 어떤 할머니는 욕으로 유튜브 세상을 평정했다. 나는 그 할머니의 방송을 보기 전에는 세상에 그런 욕이 있는 줄도 몰랐다. 세상에 그렇게 많은 욕이 존재하는 것을 처음 알았다. 하지만 그 할머니가 인기를 끄는 것은 욕을 많이 알아서가 아니었다. 듣기만 해도 얼굴 빨개지고 부끄러워서 고개가 절로 숙여지는 욕도 그 할머니 입에서 나오면 웃음부터 터져 나온다. 그 할머니에게는 마법 같은 힘이 있었다. 거친 욕도 그 할머니 입을 타고 밖으로 나오면 그보다 더 찰진 개그가 없다. 웃겨서 스트레스가 날아간다. 한 번 듣고 두 번 듣고 나면 자꾸만 듣고 싶어지는 욕이다.

– 오늘도 내 방송에 들어온 썩을 ○○○○들아! 그렇게도 할 일이 ○나 없냐? ○○○ 빠진 놈들! 그러니까 공부도 못하고 돈도 못 벌지, ○○○이야. 평생 그따위로 ○○하다가 ○져라.

그 욕을 듣고도 히죽거리며 계속 방송을 본다. 방송이 끝나면 왜 이렇게 일찍 끝나는지 아쉽기까지 하다.

"205호 할머니, 욕할 줄 아세요?"

"사람을 뭘로 보고. 내가 꼴은 이래도 제법 교양 있는 인간이다. 욕은 무슨."

"그럼 춤출 줄 아세요?"

욕할머니보다는 인기가 좀 못하지만 춤추는 할아버지 유튜버도 끝내주는 인기를 얻었다. 모 방송 노래자랑에 나와 유명한 아이돌의 섹시 춤을 추면서 그야말로 전국적인 화제를 불러 모았다.

"206호! 내가 어딜 봐서 춤바람 났던 사람으로 보여?"

"그게 아니고요. 제 말은요, 뭘 보여 주기 위해서 유튜브를 할 건가 그걸 묻는 거예요. 어떤 걸로 방송하시려고요?"

"내가 그걸 왜 너한테 시시콜콜 다 이야기해야 하냐?"

205호 할머니가 쌩하니 고개를 돌렸다. 참 나 원. 그럼 묻지나 말든가.

"제가 혹시나 해서 말씀드리는 건데요, 남들이 다 하는 거 하면 식상해요. 먹방이 유행이라니까 너도나도 먹방 방송했거든요. 이제 남 먹는 거 뭣하러 구경하느냐고 말하는 사람이 많아요. 뭘 하려고 그러시는지 모르지만 잘 생각해서 하세요. 방송해서 돈을 긁어모으는 사람만 보고 시작하는 경우가 많은데 그러다 상처받고 그만두는 일도 많거든요."

"돈을 긁어모아? 그게 그렇게도 돈벌이가 좋아?"

205호 할머니의 눈이 번쩍 빛났다.

"할머니, 아무나 그렇게 되는 거 아니에요. 그리고 영상을 찍는다고 해서 다 끝나는 것도 아니고요. 편집도 해야 하고 사이트에 올려야 하는데 할 줄 아세요?"

"그건 네가 걱정할 게 아니고 말이다. 진짜 그게 그리도 돈벌이가 좋아?"

"개인 방송 몇 년 해서 건물 산 사람도 수두룩해요."

"세상에나. 그럼 명예도 얻는 거냐?"

"명예요?"

"그래. 이름도 날리고 그러는 거냐고?"

"유명 유튜버는 이름 엄청 날리지요. 그걸 명예를 얻는 거라고 말해도 되는 건지 잘 모르겠지만, 아무튼 인기도 많아지고 부러워하는 사람이 많아요. 하지만 다시 한 번 말하지만 아무나 그렇게 되는 건 아니에요."

"당연히 아무나 되는 건 아니겠지."

205호 할머니는 어두운 하늘을 바라보았다. 잔뜩 흐린 날씨는 달빛도 별빛도 삼켜 버렸다. 주름이 보이지 않는 205호 할머니 얼굴은 지난번보다 10년은 젊어 보였다.

"아무튼 휴대전화만 있으면 할 수 있는 거지? 음. 휴대전화가 좋은 거면 더 좋겠구나. 그렇지?"

"뭐 화면이 잘 나오면 좋은 거니까 그렇겠죠."

205호 할머니는 잠시 앉아 있더니 들어갔다. 205호 할머니가 들어가기 무섭게 빗방울이 떨어졌다.

"오라 너, 앞집 할머니랑 친하냐? 베란다에서 보니까 둘이 나란히 앉아서 다정하게 이야기를 나누고 있더라."

가라가 웬일로 잠을 자지 않고 있었다.

"혹시나 해서 하는 말인데 205호 할머니한테 엄마 얘기 하지 마."

누굴 바보로 아나. 내가 205호 할머니에게 엄마 얘기를 왜 한담.

"그러면 너랑 나랑 아빠랑 무시당해, 알지?"

가라는 무시당한다는 말에 힘을 주었다.

"왜 무시당해?"

무시당할 수도 있겠지. 경우에 따라서는 무시하고 흉을 보고 우리 가족 모두를 쓰레기 취급할 수도 있다. 하지만 가라 입에서 그런 말이 나오는 게 기분 나빴다. 가라가 마음속에 '우리는 무시당해도 싸.' 이런 생각을 넣어 두고 있는 것 같아서다.

"몰라서 물어? 생각해 봐."

가라가 쏘아붙였다.

"생각하기 싫어."

나는 자리에 누워 이불을 머리끝까지 끌어당겼다.

"그런데 강호, 완전 성공했더라. 온종일 아이들이 강호 방송에 관심을 갖더라고. 소가 뒷걸음질 치다가 생쥐 잡은 거지. 그 머리에 어떻게 그런 방송을 할 생각을 했나 몰라."

가라가 강호 얘기를 꺼냈다. 쟤가 오늘따라 왜 잠을 안 자고 저러는지 모르겠다. 가라는 10시 전에 잠이 들어야 푹 자는 스타일이다. 10시 전에 잠들지 못하면 밤을 꼬박 새우는 일이 많다.

"아무튼 현재로 봐서는 5부까지 쭉 잘나가면 성찬이를 따라잡을 수도 있겠더라. 사실 요즘 뷰티 방송이 너무 많잖아. 그만큼 공도 많이 들여야 지속적으로 인기를 얻을 수 있어. 어떤 뷰티 방송은 애니메이션 이미지를 만들어서 그걸로 변화를 보여 주기도 하거든. 한 번의 방송을 하기 위해 한 달이 걸리기도 한대. 그렇게 공을 들이니까 구독자들은 손꼽아 방송을 기다리고 조회 수가 늘어나는 거지. 대충해서는 생명이 짧아. 성찬이는 곧 쇄락의 길을 걸을 거야. 너, 무명 배우 찬찬이 알지?"

나는 드라마나 영화를 거의 보지 않아 유명 배우도 잘 모른다. 그런데 무명 배우를 무슨 수로 안담.

"천오백만 관객을 넘긴 영화 〈비로〉에서 두 시간 내내 말

끌고 가는 역할을 했던 폭삭 늙은 배우. 찬찬이도 유튜브 하는데 요즘 골 때려."

폭삭 늙었으면 나이도 엄청 많을 텐데 가라는 꼭 이웃집 꼬마 말하듯 했다. 저런 걸 보면 연예인은 하지 말아야 한다.

"나는 찬찬이가 곧 몰락한다에 한 표!"

이웃집 꼬마 부르듯 하는 것도 모자라 악담까지 했다.

"찬찬이는 남을 이용해서 돈을 벌려고 하거든. 먹방을 해서 성공한 사람들은 위장이 터지도록 먹으면서도 웃어. 성공을 위해 위장이 터지는 고통도 참는 거지. 짜장면 10인분을 먹으면서도 웃는 게 진짜 맛있어서 그러겠니?"

가라의 말이 아주 길어졌다. 쟤가 오늘 정말 왜 저러는지 모르겠다.

"그런데 찬찬이가 뭘 어쨌는데?"

"찬찬이 방송은 구독자가 거의 없었나 봐. 무명 배우니까 당연하지. 게다가 예전에 불법 도박을 해서 이미지도 별로 안 좋은 편이야. 그런데 있지, 오라 너, 영화 한 편으로 뜬 청민수 알지?"

아무리 영화나 드라마를 즐겨 보지 않는 사람이라고 해도 청민수를 모르면 눈 감고 귀 닫고 사는 사람 취급 받는다. 영화 한 편 찍어서 일약 스타덤에 올랐는데 인기가 있는 만큼 문제도 많은 사람이다. 인터넷에는 수시로 청민수의 소식이 올라왔다. 하루는 좋은 말이었고 하루는 나쁜 말이었다. 청민수가 주연도 아닌 조연이었고 연기력도 그다지 뛰어나지 않은데 인기를 얻은 것은 청민수의 환경이 큰 역할을 한 것으로 알려졌다. 나는 청민수에 대해 별로 관심이 없어서 잘 모르겠지만, 청민수는 어렸을 때부터 갖은 고난과 어려움을 극복하며 자랐는데 그 성장 과정이 눈물 없이는 들을 수 없을 정도라나 어쩌다나, 아무튼 청민수의 어린 시절이 이슈가 되면서 팬도 급격히 늘어났다고 한다. 그런데 청민수의 드라마와도 같은 성장 과정이 모두 거짓말이라는 말이 돌기 시작했다. 성장 드라마는 모두 감성팔이라는 말에 힘을 얹어 주는 증거와 증인들도 속속 나타났다. 청민수 팬들은 둘로 갈라졌다. 그럴 리가 없다며 끝까지 청민수를 믿고 감싸는 팬들과 속은 게 분하고 억울하다는 팬들. 팬들은 각각의 카페를 만들고 활동을 하는데 두 카페는 원수도 그런 원수가 없다고 했다. 아직도 청민수를 믿는다는 팬들은 청민수에게 온갖 정성을 다했다. 청민수가 모델로 활동하는 홈쇼핑 물건은 팬들이 사재기했고 청민수가 원하는 것은 하늘에 떠 있는 별이라도 기꺼이 따다 줄 정도란다.

"찬찬이가 서로 못 잡아먹어서 난리인 두 카페를 교묘하게 이용해 먹기 시작한 거야. 아직도 청민수를 믿고 감싸며 온갖 정성을 다하는 카페 편을 든 거지. 회원이 엄청난 데다가 청민수라면 자다가도 벌떡 일어나 만세를 부르는 사람들이니까. 찬찬이는 상대 카페를 공격하기 시작했어. 공격도 그런 공격이 없다니까. 카페에서 초성으로 청민수를 욕한 것까지 다 캡쳐해 명예훼손으로 고소하고 고발하고 난리도 그런 난리가 없지. 날마다 유튜브에서 상대 카페를 욕하고 말이야. 그러니 청민수를 감싸는 카페 회원들은 찬찬이의 방송 구독자가 되었고 날마다 슈퍼챗을 날리는 거야. 찬찬이는 가끔 계좌도 열더라. 중학생인 내가 봐도 진짜 웃겨. 매일 구경하는데 재미도 있어. 아주 요즘 찬찬이가 신났는데 객관적으로 냉정하게 봤을 때 그런 방송은 오래가지 못해."

"가라, 너 오늘 잠 안 자?"

나는 가라가 밤을 꼬박 새울까 봐 걱정이 되었다.

"잘 거야."

가라는 자리에 누웠다. 하지만 가라는 쉽게 잠들지 못했다. 가라의 뒤척임은 아주 오랫동안, 내가 잠들 때까지 계속되었다.

조작 냄새

저녁 무렵부터 부슬부슬 비가 내렸다. 바람도 불었다.

오늘은 소리담 화장실 괴담 2부 방송이 있는 날이다. 저녁을 먹고 나서 베란다에 나가 밖을 내다보았다. 귀신이 나온다면 이런 날이 제격일 것 같다는 생각이 들었다. 그나저나 오늘 방송에서도 과연 발소리가 들릴까.

"백오라, 밤중에 자꾸 밖에 나가지 마라. 현관문 소리에 잠이 깨거든. 게다가 밤에 네가 나가면 걱정도 되잖니. 아빠는 잠을 자야 일을 할 수 있는 거 알지?"

저녁을 먹자마자 아빠는 방으로 들어가며 말했다. 아빠는 건설현장에서 일한다. 무슨 일을 하는지는 잘 모르겠다. 아빠는 아빠가 하는 일에 대해서 한 번도 말해준 적이 없고 나와 가라도 물어본 적이 없다. 다만 짐작만 할 뿐이다. 쉰 살이 다 되도록 남들이 부러워하는 기업에서 신입사원 뽑는 일을 했던 아빠가 경력에도 없는 건설현장에서 할 수 있는 일은 뻔했다.

"안 나가."

나는 닫힌 안방 문을 바라보며 중얼거렸다.

가라는 일찌감치 자리에 누웠다. 잠이 잘 오지 않는지 끙끙거리는 소리가 들렸다. 나는 거실로 나왔다.

11시 10분! 네버엔딩 화장실 괴담 방송이 시작되었다.

- 예고해 드린 대로 오늘은 소리담 화장실 괴담 2부를 방송하도록 하겠습니다. 지금은 비가 내리고 있는데요, 방송을 하는 데는 문제가 없습니다. 저는 지금 소리담 공원 입구에 와 있습니다.

화면으로 희미한 가로등이 서 있는 소리담 공원이 나타났다. 비가 내리는 소리담 공원은 음침하고 스산했다.

- 화장실로 가 보겠습니다…… 꼴깍.

- 찰바닥찰바닥

강호가 걸을 때마다 젖은 발소리가 났다. 나는 숨을 죽이고 귀를 기울였다. 겹쳐지는 발소리는 없었다.

－ 지난 방송을 하고 나자 소리담 화장실에 누구랑 같이 간 건 아니냐고 묻는 분들이 있었는데요, 1부 방송 때도 그렇고 오늘도 그렇고 저는 혼자 왔습니다. 오늘은 화장실 안을 촬영할 겁니다. 입구 문만 열고 안을 찍을 예정입니다. 제가 안으로 들어가는 것은 3부에서 보여 드릴 거고요. 아마 제 방송은 3부쯤 되면 화끈해질 거 같습니다.

찰바닥찰바닥, 젖은 발소리를 내며 강호는 조심조심 화장실 입구에 도착했다.

－ 여러분, 화장실 안에는 과연 아기를 업고 손을 씻고 있는 귀신이 있을까요? 여러분, 혹시라도 제게 무슨 일이 생기면 바로 112에 신고해 주시기 바랍니다. 아니, 119에 해야 하나?

강호가 화장실 문고리를 잡는 순간 바람이 휙 불었다. 쿵! 약간 열려 있던 화장실 문이 닫혔다.

－ 바…… 바…… 바람에 문이 닫혔습니다. 그…… 그럼 문을 열도록 하겠습니다.

강호는 화장실 문고리를 쉽게 돌리지 못했다. 습하고 눅눅

한 한밤중의 공기가 화면으로도 느껴졌다. 끼이익, 끼이익, 화장실 문 뒤틀리는 소리가 들렸다.

그때였다.

- 찰바닥찰바닥

발소리가 들렸다. 나는 귀를 기울이며 집중했다. 들릴 듯 말 듯 아주 작은 소리였지만 분명 발소리였다. 강호는 서 있는데, 화장실 문고리를 잡고 서 있는데 발소리가 들렸다. 꼴깍! 마른침이 넘어갔다. 강호는 딱 잡아뗐지만 저곳에는 현재 강호 말고 다른 사람이 있다.

- 자, 문을 열도록 하겠습니다.

철커덕! 문고리를 돌리는 소리가 났다. 그리고 화면이 온통 캄캄해졌다.

강호는 어떤 멘트도 하지 않았다. 캄캄한 화면은 잠시 지속되었다. 어느 정도 시간이 지나자 화면 속 어둠이 조금씩 익숙해졌다. 그러자 어둠 속에서 뭔가 일렁거리고 있었다. 물결처럼, 바람처럼.

- 쏴아아아아

그리고 갑자기 물 쏟아지는 소리가 들렸다. 세면대 물소리?
머리카락이 곤두섰다.

- 어? 갑자기 비가 쏟아지네요.

강호가 말했다.
나는 베란다를 바라보았다. 빗줄기가 거세게 내리치고 있
었다.

- 방송을 계속할 수 없을 정도로 쏟아집니다. 오늘 방송은 여기
까지 해야겠습니다.

화면이 꺼졌다. 고요한 거실에 빗소리가 가득 찼다.
'그 소리, 빗소리 맞나?'
나는 베란다 문을 활짝 열어 놓은 다음 화장실로 달려가
세면대 물을 틀었다. 빗소리와 수돗물 쏟아지는 소리는 거의
엇비슷했다. 강호가 화장실 밖에서 촬영을 한 걸로 보아 빗
소리가 생각보다 더 크게 들릴 수 있다.
'사람 심장을 쫄깃쫄깃하게 만든 걸 보니 오늘 방송 후에도

구독자 수 엄청 늘겠는걸.'

가라 말대로 어쩌면 우리 학교 인기 유튜버 성찬이의 시대는 서서히 막을 내리고 그 자리에 강호가 올라서고 있는 것일 수 있다. 영원한 것은 세상에 없으니까. 생각해 보니 성찬이 방송이 요즘 툭툭 튀어나오는 뷰티 방송에 비해 식상하긴 했다.

강호는 혼자 간 것이 아니다. 누군가와 같이 갔다. 그런데 한 가지 의문은 있다. 만약 강호가 누군가와 함께 소리담 화장실에 갔다면 말이다. 첫 방송에서는 뭣도 모르고 발소리를 남겼다 치자. 실수로 그럴 수도 있다. 그래서 편집을 했다고 하자. 하지만 두 번이나 똑같은 실수를 하지는 않을 것이다.

'그럼 뭐지?'

생각하는 순간 등을 타고 소름이 돋았다. 강호 말대로 귀신? 강호도 모르는 존재가 소리담 공원에 있다는 말인가. 강호는 방송에 집중하느라고 발소리를 못 들은 건가.

'아니지, 아니야.'

1부에서 들렸던 발소리가 편집되었다. 그건 강호도 발소리의 존재를 알고 있다는 증거다. 아니지, 그 발소리가 만약 귀신이라면 다시 보기에서는 사라질 수도 있는 것 아닌가. 그동안 숱하게 봐 왔던 드라마나 영화에서도 그런 일은 흔히 있었다. 내가 지금 무슨 생각을 하는 거야? 귀신이 있다는 증거가 어디 있어? 대체 뭐가 뭔지 모르겠다. 복잡해도 너무 복잡했다.

당장이라도 성찬이에게 문자를 보내고 싶었다. 성찬이도 강호 방송을 봤을 것이다. 성찬이가 발소리를 들었는지 궁금했다. 하지만 문자를 보내기에는 너무 늦은 시간이었고 이번 일로 성찬이와 다시 가까워지고 싶지도 않았다.

잠이 든 듯 안 든 듯 몽롱한 상태에서 꿈을 꾸었다. 누군가 저만큼 바쁘게 걸어가고 있었고 나는 젖 먹던 힘까지 다해 뛰어서 그 사람을 따라갔다. 잡힐 듯 잡히지 않던 그 사람은 지하차도 입구에서 걸음을 멈췄다. 가까이에서 그 사람을 보는 순간 나는 비명을 지르며 잠에서 깼다. 외모만 봐서는 남자인지 여자인지 성별 확인이 모호한 그 사람은 아기를 업고 있었다. 그런데 그 아기가 강호였다. 강호는 열다섯 살 현재의 얼굴로 그 사람의 등에 업혀 나를 빤히 바라보고 있었다.

잠에서 깼을 때 기분은 참으로 묘했다. 좋지 않은 일이 일어날 거라는 예지몽 같기도 했다. 더는 잠이 오지 않았다. 머리맡에 있는 휴대전화를 집어 들었다.

나는 일어나 앉았다. 성찬이에게서 문자가 와 있었다.

> 너, 소리담 화장실에 안 간 거 확실하니?

성찬이도 발소리를 들었다는 증거다. 그나저나 성찬이 애는 끝까지 나를 의심하고 있다.

'병이야, 병. 의심부터 하는 병.'

나는 휴대전화를 던져 버리고 도로 누웠다. 하지만 이미 잠은 저 멀리 달아난 뒤였다.

강호는 멀쩡한 얼굴로 나타났다. 어젯밤 강호에게 아무 일도 일어나지 않았다는 걸 확인할 수 있어 한편으로 안도의 숨을 내쉬었다. 그 꿈 때문에 나도 모르게 강호를 걱정하고 있었던 것이다. 정체를 알 수 없는 사람에게 업혀 나를 쳐다보던 강호의 눈빛은 소름이 돋을 정도로 생생했다.

"어제 방송 어땠냐?"

강호는 상기된 표정으로 아이들에게 물었다.

"무슨 일이 생기면 신고하라는 말은 왜 했냐? 그 멘트에서 간 떨어질 뻔했다. 사랑하는 친구를 귀신에게 잃는 사태가 발생하는 건 아닌지 해서."

누군가 말했다. 강호는 대답 대신 씨익 웃었다. 강호의 웃음을 보자 말로 표현할 수 없는 야릇한 감정이 들었다.

"질문이 있다."

성찬이가 말했다.

"소리담 화장실에 대해서는 절대 말하지 않을 거라고 했잖

아. 방송에서만 말할 거야."

강호는 단호하게 잘라 말했다.

"화장실 뒤편은 왜 안 보여 줘? 보여 준다고 분명히 말했었잖아?"

"모든 것은 방송에서만."

강호가 입을 다물었다.

"그래, 화장실 뒤편이 뭐가 중요해? 아기 업은 귀신이 손을 씻는다는 세면대가 있는 곳, 그곳이 가장 중요한 거지. 화장실 뒤편에 뭐가 있겠어? 거긴 마음만 먹으면 누구라도 얼른 보고 올 수 있는 곳 아니냐? 정 궁금하면 직접 가 보던가. 3부는 언제 할 거냐? 3부에서는 네가 화장실 안으로 쑥 들어가는 거지? 물소리가 났던 걸 보면 아기 업은 귀신이 진짜 있는 것 같은데."

누군가 물었다.

"3부는 중간고사 끝나고 나서 할 거야. 내가 시험공부를 하겠다는 말이 아니라 나의 사랑하는 구독자님들이 시험공부를 해야 할 것 아니냐. 구독자들을 배려해서 중간고사 끝나고 나면 할 거다."

중간고사는 다음 주 수요일부터다. 그럼 3부는 다음 주 주말이나 그다음 주 정도 될 테다.

수업이 끝났을 때 성찬이에게 문자가 왔다.

정말 너는 아니지?

아, 진짜 왕짜증.

아닐 거라고 믿어. 믿는데 한 번 더 확인해 본 거야.
백오라, 이거 완전 조작 냄새 안 나니?

맞다. 조작! 아까 강호가 씨익 웃는 모습에서 조작의 냄새를 맡았다. 야릇한 그 순간의 감정이 바로 그거였다. 귀신에게 친구를 잃는 사태, 이런 말에서 그렇게 여유로운 웃음이 나올 수는 없다.

그런데 왜 다른 사람들은 발소리 얘기를 안 하는 거지?
우리 귀에만 들리는 건가.

나는 그게 제일 궁금했다.

다들 화면에 집중할 거야. 뭐가 보이나, 그걸 가장 궁금해하거든.
하지만 영상을 만들어 본 우리는 이런 면에서 다른 애들 귀보다
훨씬 예민할 수 있어. 그 탓이 아닐까? 오늘 학원 가냐?
안 가면 만나자. 바로 나와.

네 소질을 발휘하고 싶지 않니?

성찬이와 아이스크림 가게에서 마주 앉았다.

"생각보다 돈을 많이 버는 건 아니야. 어마어마한 돈을 벌어 좋은 집을 짓고 화려한 생활을 하는 유튜버는 손가락에 꼽을 정도야. 다 그렇지는 않아. 그리고 나는 그런 걸 원해서 방송을 하는 건 아니야."

누가 뭐라고 했다고 성찬이는 앉자마자 말했다. 내가 비싼 아이스크림을 사 달라고 한 것도 아니고 방송해서 얼마나 버느냐고 물어본 것도 아닌데 말이다. 나는 잠자코 성찬이 말을 들었다.

"그냥 내가 나중에 하고 싶은 일을 위해 지금 공부를 하고 있다고 생각하는 거지."

누가 물어봤느냐고.

"나는 구독자에 목매지 않아. 다시 한 번 말하지만 내가 하고 싶어서 하는 방송이고 내가 좋아서 하는 일이니까. 인기와 돈에 너무 신경 쓰다 보면 나도 모르게 내가 하고 싶어 하는 것에서 멀어질 수 있거든. 내가 원하는 게 아니라 남들이 원하는 곳으로 흘러갈 수 있다는 말이야. 나는 그런 거 싫어."

아이스크림은 언제 시킬 거냐고 물어볼 틈도 주지 않고 성찬이는 계속 말을 이어 갔다.

"그런데 강호는 돈을 벌고 싶은 거지. 거기에 집중하다 보면 조작이라는 덫에 걸리게 되어 있어. 사실 강호가 오라 너나 나처럼 방송에 관심이 있었던 아이는 아니잖아? 보여 줄 자신만의 콘텐츠가 있는 것도 아니고. 몇 번 개인 방송을 하다 폭삭 망하고 나서 화장실 괴담이니 뭐니 해서 호기심을 자극하는 방송을 시작한 것만 봐도 강호 속을 알 수 있지. 백오라, 강호가 3부 방송을 할 때 너랑 나랑 강호 뒤를 밟자. 어때?"

"뭐?"

나는 손톱으로 탁자 모서리를 박박 긁다가 멈칫했다.

"미행을 하자고?"

조작이든 뭐든 나는 강호 방송에 그 정도로 개입하고 싶은 마음은 없다. 그리고 성찬이와 같이할 생각은 더더욱 없다.

"발소리에 대해 네가 이미 알고 있는 건 없고? 조작이라는 증거라든가, 뭐 이런 거."

솔직히 나는 그걸 기대했다. 성찬이를 만나면 혹시라도 내 궁금증이 조금은 해소될 수 있지 않을까, 그런 기대 말이다.

"아직은 확실히 아는 건 없어."

완전히 실망이었다.

"오라 너랑 내가 발소리의 진실을 밝혀내자는 말이야."

"내가 왜 그걸 밝혀내야 해?"

진실이 뭔지 당연히 궁금하다. 조작인지 아닌지 알고 싶다. 그래서 여기에 나왔으니까. 하지만 성찬이와 손을 잡고 그걸 파헤치고 싶은 생각은 없다.

"왜 밝혀야 하는지 이유를 진짜 몰라서 그러는 건 아니겠지? 조작으로 사람을 속이는 방송은 퇴출되어야 해. 요즘 비상식적인 유튜버들 때문에 문제가 많은 거 모르니? 너도나도 다들 모른 체하면 모든 유튜버들이 싸잡아 사기꾼이 되는 거야. 개인 방송 중에 좋은 방송이 얼마나 많은데 몇몇 때문에 억울한 소리를 들어야 하니?"

"구구절절 옳은 말이야."

"그렇지? 그럼 나하고 같이 강호를 미행할 거지?"

"아니."

나는 단호하게 고개를 저었다.

"구구절절 옳은 말이긴 한데 내가 남에게 신경 쓸 정신이 없거든. 그리고 너랑은 더더욱 그런 일에 개입하고 싶지 않아."

"남에게 신경 쓸 정신이 없다는 건 그럴 수 있다고 쳐. 그런데 왜 나랑 하는 게 싫어?"

"그 이유는 너 스스로 생각해 봐. 잘 생각해 보면 알 수 있을 거야."

아무리 건망증이 심해도 그렇지, 내가 누구 때문에 기대하고 고대하던 그 프로젝트에서 빠졌는데. 너를 원망하고 미워하고 저주하지 않는 것만으로도 고마워해야지.

"성찬이 너는 유튜브 세계에서 정의를 구현해. 나는 그쪽 세계가 어떻게 흘러가든 별 관심 없거든. 아이스크림 안 시킬 거면 나는 그만 갈게."

"우리 아이스크림 안 시켰니? 뭐 먹을래?"

성찬이가 벌떡 일어나 카운터로 갔다. 그리고 제 마음대로 이것저것 마구 퍼 담은 아이스크림을 사 왔다. 그럴 거면 뭐 먹을 거냐고 물어보지나 말든가.

"오라야."

"됐어. 나는 절대 강호 미행 같은 거 안 해."

나는 성찬이의 말을 잘라 버렸다. 성찬이는 어깨를 으쓱 올려 보이며 잠시 나를 뚫어져라 바라보았다.

"유튜브 세상 정의 구현은 너 혼자 하라고."

다시 한 번 강조했다. 성찬이는 잠시 아이스크림만 푹푹

퍼먹었다.

"백오라, 궁금해서 그러는데 너 진짜 방송 안 할 거야? 방송 피디가 네 꿈이라고 했잖아?"

"꿈은 바뀔 수도 있어. 바뀌었던 꿈이 나중에 다시 돌아오기도 하고."

"내가 볼 때 오라 너는 방송에 소질이 있어. 소질을 그냥 썩히는 건 아까운 거야. 너, 네 소질을 발휘하고 싶지 않니? 나는 너한테 네 소질을 마음껏 발휘할 수 있는 기회를 주고 싶어. 너, 유튜브를 너무 우습게 생각하지 마. 돈을 벌고 인기를 얻기 위해 방송을 하는 유튜버도 많고, 갖고 있는 콘텐츠를 그냥 버리기 아까워서 방송을 하는 유튜버들도 있어. 너도나도 마구잡이로 하다 보니 문제도 많아. 하지만 개인 방송을 하면서 배우는 것도 많아. 너나 나처럼 나중에 방송계로 나가고 싶어 하는 아이들에게는 그 꿈을 이루기 위한 발판이 되거든."

"고맙다. 생각해 줘서."

그렇게도 내 생각을 많이 해 줄 거면 그때 확실한 증거도 없이 훨훨 날아오르고 싶은 내 날개를 꺾지나 말던가.

"나한테 아주 좋은 생각이 있는데, 네 솜씨가 더해진다면 대박 날 수 있을 텐데."

대박이든 소박이든 관심 없다.

"진짜 몇 번이나 말해야 알아들어? 나는 너랑 아무것도 안해. 나는 너를 별로 안 좋아해. 아니, 싫어해. 그런데도 너랑 말을 하고 이러는 건 네가 방송을 진지하게 하기 때문이야. 방송에 대한 네 진심을 믿기 때문이라고. 하지만 그 진심을 믿는다고 해서 너를 좋아한다는 뜻은 절대 아니고, 너랑 같이 방송을 하고 싶다는 뜻도 아니야. 한마디로 방송에 있어서만 너를 존중한다는 말이지. 아이스크림 잘 먹었다."

나는 숟가락을 놓고 일어났다.

우편함에 봉투 하나가 삐죽 나와 있었다. 가슴이 덜컥 내려앉았다. 엄마 일이 터지기 시작하면서 수시로 날아들던 금융권에서 보낸 우편물들, 그것들에 놀랐던 습관이 아직도 진행형이었다. 우편물이 올 곳은 더 없고 엄마도 없는 마당에.

무심코 우편물을 빼 드는데 다시 가슴이 덜컥 내려앉았다. 백오라! 받는 사람에 주소는 없이 내 이름이 있었다. 보낸 사람은 누구인지 이름도 주소도 없었다. 직접 우편함에 편지를 넣은 게 분명했다.

'엄마?'

나는 사정없이 요동치는 가슴을 꼭꼭 눌렀다.

'만약 엄마에게서 연락이 온 거면 가라한테도 말해야 하는 건가? 아니지, 가라한테 말하면 가라는 아빠에게 말할 수 있

다. 엄마한테서 연락이 온 걸 아빠가 알아서 좋을 거 없어.'

나는 비밀로 하기로 했다. 봉투에서 곱게 접힌 종이를 꺼내는데 심장이 폭발할 것 같았다. 접힌 종이를 펼쳐 보는 순간 실망감을 넘어 분노가 치솟았다.

이 편지를 받은 날로부터 3일 안에 다른 이 10명에게 똑같은 내용의 편지를 보내세요. 그러지 않으면 당신에게 저주가 내릴 것입니다.

젠장! 울고 싶을 정도로 가슴이 무너져 내렸다. 누가 이런 짓을 했담. 요즘도 이런 전설의 편지를 보내는 사람이 있나?

종이를 발기발기 찢었다. 찢은 종이를 다시 찢었다. 글씨조차 조각난 종이를 꽁꽁 뭉쳤다. 짓이겨지도록 꽁꽁 뭉쳐도 분이 풀리지 않았다.

"오늘부터 열흘 동안 설사나 해라. 화장실에 가기도 전에 죽죽 쏟아져라."

나는 누군지 모를 편지를 보낸 사람에게 저주를 퍼부었다.

나는 짓이겨서 돌돌 뭉친 종이 뭉치를 우편함에 던져 버렸다. 206호 우편함에 던지려던 종이 뭉치는 205호 우편함을 정통으로 가격하고 튕겨 나와 바닥에 흩어졌다. 그러고는 거짓말처럼 산산조각이 나서 흩어졌다.

치울까 말까 망설이다 그냥 가자고 마음먹고 돌아서는데

바로 눈앞에 검은 그림자가 버티고 서 있었다.

"그냥 가려고?"

205호 할머니였다.

"저걸 그냥 두고 가려고? 양심에 털 났구먼. 어여 치우지. 저것 좀 봐. 날라 가잖아? 어어어어어."

205호 할머니가 나풀나풀 자신 앞으로 날아오는 종잇조각을 잡으려다 꼭 안고 있던 종이상자를 바닥에 떨어뜨렸다.

"아이고, 이를 어째."

205호 할머니가 당황해하며 바닥에 털썩 무릎을 꿇고 그걸 집어 들었다. 그런데 거꾸로 집어 드는 바람에 안에 있는 내용물이 바닥으로 와르르 쏟아졌다. 휴대전화였다.

"아이고, 이를 어째. 새로 산 건데 고장 났으면 어째."

205호 할머니는 휴대전화와 충전기 그리고 설명서를 하나하나 따로 집어 들었다. 그러는 바람에 하나를 집어 들면 하나가 도로 떨어지고 다시 하나를 집어 들면 다른 하나가 떨어지기를 반복했다.

"어떻게 할래? 고장 났으면 네가 책임져."

보다 못해 도와주려는 순간 205호 할머니가 말했다.

"제가 왜요?"

"왜라니, 너 때문에 이 모양이 되었으니 네가 책임져야지, 당연히."

"저는 휴대전화하고 스치지도 않았어요. 그런데 왜 그게 저 때문이에요?"

"206호 네가 양심에 털 난 짓을 해서 내가 그걸 보고……. 아이고, 비싼 건데."

205호 할머니가 휴대전화를 다시 집어 드는 순간 나는 눈을 질끈 감았다. 그럴 수만 있다면 어디론가 사라지고 싶었다. 휴대전화는 마치 살아서 움직이는 듯했다. 205호 할머니가 집어 들기를 기다렸다는 듯 손에서 미끄러지더니 탁 하고 소리도 요란하게 바닥에 곤두박질쳤다. 액정이 박살 난 건 아닌지 가슴이 뜨끔했다.

"아이고."

205호 할머니가 내뱉는 '아이고' 소리가 절절했다.

"할머니, 죄송해요."

설사 양심에 털이 난 사람이라고 하더라도 그 광경을 보고 미안하다는 말을 하지 않을 수는 없을 거다. 205호 할머니는 거의 울음을 터뜨릴 것 같은 얼굴로 휴대전화를 종이상자에 주워 담았다. 힐끗 보니 다행히 액정은 무사했다.

"혹시 모르니까 산 곳에 가서 바꿔 달라고 하면 안 될까요?"

떨어지는 소리가 심상치 않았다. 겉은 멀쩡해도 속으로 골병들었을 수도 있다. 나는 진심으로 걱정이 되어 말했다.

64

"너 같으면! 너 같으면 멀쩡한 물건을 팔았는데 30분도 되지 않아 고장 내서 오면 바꿔 주겠니? 네가 휴대전화 가게 주인이라면 말이다."

"번호가 몇 번이에요? 고장 났는지 안 났는지 제가 전화 한번 해 볼게요."

"됐다."

205호 할머니는 쌩하니 돌아서서 계단을 올라갔다.

'유튜브 시작하려고 휴대전화를 새로 간 것 같은데.'

입은 옷이나 외모에서 흐르는 느낌이 결코 풍족해 보이지 않는 205호 할머니였다. 큰마음 먹고 샀을 것이다. 내 잘못은 아닌 것 같은데 내 잘못 같기도 했다.

"진짜 환장하겠네."

모른 척 집에 들어갈 수가 없었다. 일단 고장인지 아닌지는 확인해야 속이 시원할 것 같았다. 205호 현관문 앞에 한참 동안 서서 망설이다 초인종을 눌렀다. 몇 번을 누른 뒤에야 현관문이 열렸다.

"고장 났어요?"

"고장 안 났다."

205호 할머니는 한마디 던지고는 현관문을 부서져라 닫았다. 성질하고는. 걱정이 되어 물어보면 좀 좋은 말로 대답하면 얼마나 좋아. 아무튼 고장이 안 났다니까 다행이었다.

"왜 이렇게 늦게 와! 어디 갔다 오는 건데? 라면 세 개 끓여."

집에 들어서자마자 가라가 짜증이었다. 너는 손이 없느냐고 한마디하려다가 라면을 끓였다. 잊지 않고 달걀 세 개도 풀어 넣었다.

"너, 나 엿 먹이는 거 맞지?"

"먹기 싫으면 관두든가."

나는 라면을 싱크대에 부어 버렸다.

전설의 편지가 보내는 경고

  상가 휴대전화 가게에 있는 205호 할머니를 보았다. 할머니는 가게 점원에게 뭔가 열심히 설명하고 있었다. 아니, 유리 너머로 보이는 얼굴 표정으로 보아 설명하는 게 아니라 따지고 있는 듯했다. 그 모습을 보자 가슴이 철렁 내려앉았다.

  분명 고장 나지 않았다고 했다. 어제는 고장 나지 않았었는데 오늘 보니 고장 났다는 건가. 마음이 복잡했다.

  '전설의 편지가 주는 경고인가?'

  문득 그 편지가 떠올랐다. 그 편지를 발기발기 찢어 똘똘 뭉쳐 버리면서 205호 할머니 휴대전화 사건이 터졌다. 몇 년을 앞집에 살면서 그렇게 엮인 적은 단 한 번도 없는데 말이다. 지금이라도 10명에게 편지를 써야 하나 어쩌나 하고 있을 때 205호 할머니가 휴대전화 상자를 끌어안고 가게에서 나왔다. 얼른 돌아서려는데 타이밍을 놓쳤다. 그만 205호 할머니와 눈이 마주쳤다.

"고장이란다."

205호 할머니가 먼저 말했다.

"그런데 왜 도로 갖고 나오세요? 안 바꿔 준대요? 바꾸든 가 고치든가 해야지요."

"함부로 바꿔 주지는 않는단다."

"어제 산 건데 왜요? 떨어뜨렸다고 말하셨어요?"

"물어보지 않는 말을 뭣하러 하니? 떨어뜨렸느냐고 물어보 았다면 말했을 수도 있지만 말이다. 뭔 규정을 한참 얘기하 는데 하나도 못 알아듣겠더라. 아무튼 서비스센터에 가 보란 다. 거기에서 이것저것 다 살펴본 후에 결정을 내린다는구나. 바꿔 줄 것 같으면 서비스센터에서 여기 이 가게에다 연락을 한다고 하는데 뭐가 이리도 복잡한지. 바쁘냐?"

"저요?"

"그럼 여기에 너 말고 누가 있냐? 바쁘냐고?"

"왜요?"

"거참, 한마디라도 고분고분 대답하는 꼴을 못 보겠네. 안 바쁘면 나랑 같이 서비스센터에 가자. 네 책임도 없다고는 말 못 할 테니. 그리고 나 혼자 가서 거짓말하려면 가슴이 떨려 서 말이다. 아무래도 떨어뜨렸다고 이실직고할 거 같기고 하 고. 내가 마음이 약하거든. 네가 같이 가면 좀 든든할 것 같 기도 하고 말이다."

학원 가야 한다고 거짓말할까 하다가 따라나섰다. 아무래도 그래야 할 것 같았다.

"떨어뜨렸다는 말은 절대 하지 말아야겠지?"

205호 할머니가 버스 안에서 물었다.

"물어보지 않는 말은 되도록 하지 않는 게 좋지 않을까요?"

"그렇지. 물어보지도 않는데 이것저것 수다스럽게 말할 필요는 없지. 나는 말 많은 거 딱 질색이거든."

"저도 말 많은 건 딱 질색이에요."

버스 안에서 서로 마주 보며 몇 번이나 다짐을 주고받았다.

"고객님, 혹시 휴대전화를 떨어뜨리셨나요?"

AS 기사가 활짝 웃으며 물었다. 그러자 205호 할머니는 뭐에 홀린 사람처럼 고개를 끄덕였다. 절대 말하지 말자고 약속한 게 무색할 정도였다. 그런 말을 하면 어쩌냐고 205호 할머니 옆구리를 힘껏 찔렀지만 소용없었다. 205호 할머니는 옆구리를 벅벅 긁으며 콘크리트 바닥으로 곤두박질쳐졌다는 말까지 친절하게 다 했다. AS 기사는 단 10분 만에 고장 난 곳을 찾아내서 고쳤다.

"이제 됐어요. 그런데 떨어지면서 여기가 긁혔군요."

AS 기사가 휴대전화 모서리를 손가락으로 문질렀다.

"긁혔다고?"

205호 할머니가 당황해했다. 긁힌 건 못 봤던 모양이었다. 긁힌 곳을 확인한 205호 할머니의 얼굴은 한순간 세상 모든 것을 다 잃은 표정으로 바뀌었다. 205호 할머니는 긁힌 곳을 문지르고 또 문질렀다. 그러고는 물었다.

"이게 어제 산 건데 원래 하루 만에 이런 일이 발생하면 바꿔 주는 게 인지상정 아닌가?"

"판매하기 전부터 문제가 있던 거라면 당연히 바꿔 드려야지요. 하지만 고객님께서 콘크리트 바닥에 떨어뜨리셨기 때문에 고장이 난 거고 긁힌 거잖아요. 그럴 수가 없어요. 저도 마음이 아주 아프네요. 어쩌다가 그런 일이 발생했을까요? 이게 완전 신형에다가 인기 모델이라 값이 무지하게 비싼데 말입니다. 긁힌 거 너무 신경 쓰지 마세요. 쓰다 보면 여기도 긁히고 저기도 긁히는 거 흔한 일이에요."

205호 할머니는 꼼짝도 하지 않았다. 그러기에 뭣하러 떨어뜨렸다는 말을 술술술 풀어 놓는담. 후회해 봤자 버스는 이미 떠났다.

"고객님, 제가 다음 고객님 휴대전화를 봐 드려야 해서요."

AS 기사가 제발 그만 좀 가 주면 안 되겠느냐는 듯한 표정으로 말했다.

"이거, 유…… 유튜브를 찍는 데는 아무 문제 없겠지요? 고장 났던 그 부분이 말이에요?"

205호 할머니가 물었다.

"유튜버세요? 허허허허허. 아무 문제없답니다. 문제가 생기면 언제든지 서비스센터로 달려오세요. 해결해 드릴 테니까요. 그런데 무슨 티비예요? 저도 한번 구경 가 보게요."

"시작하게 되면 그때 알려 주도록 하지요. 그럼 고장 안 날 거라고 믿고 가요."

205호 할머니는 휴대전화를 가방에 고이 넣었다.

"왜 떨어뜨렸다는 말을 하셨어요?"

버스를 타고 오는데 계속 불안했다. 한 번 고장 난 기계는 그 부분이 자꾸 고장 난다. 이상하게 말이다. 그런 말을 하지 않았더라면 새 기계로 바꿀 수도 있었을 테고 휴대전화 문제에서 완전히 해방될 수 있었을 텐데 말이다.

"그러게. 나도 당황했다. 뭐, 남 속이고 내내 찜찜한 것보다야 속은 시원하다만. 긁힌 게 영 마음에 걸리네. 꼭 새것 같지 않잖아. 쓰던 것 같고. 그래도 유튜브 찍는 데 문제가 없으면 됐지. 그럼. 유튜브만 잘되면 되는 거지."

205호 할머니는 스스로를 위로했다.

"그럼요. 휴대전화 긁힌 건 아무 문제가 되지 않아요. 콘텐츠만 좋으면 성공할 수 있어요."

나는 앙금처럼 깔려 있는 책임감 때문에 한마디했다.

"뭘 하실 건데요?"

"……."

"어떤 걸 하실 거냐고요? 제가 이래 봬도 그쪽에 좀 아는 게 많아요. 딱 들어 보면 성공할 건지 쪽박 찰 건지 대충 안다고요."

"쪽박을 왜 차? 시작도 하기 전에 재수 없는 말은 사절이다. 나중에 말해 주마."

205호 할머니는 그 말을 끝으로 더는 아무 말도 하지 않았다.

현관 안으로 들어서는데 냄새가 났다. 지금 이 시간에는 절대 나지 않을 냄새. 어둑어둑해져서야 공기와 합체되어 퍼지는 냄새. 알코올 냄새였다. 아빠가 일을 나가지 않은 건가? 나는 굳게 닫힌 안방 문을 열어 보았다. 안방은 텅 비어 있었다.

냄새는 나와 가라가 같이 쓰는 방에서 났다. 방문을 여는 순간 방 안에 펼쳐진 광경에 온몸이 얼음처럼 굳었다. 방 중간에 가라가 누워 있었고 가라 옆에는 소주병이 놓여 있었다.

"안 돼……."

나는 가라에게 다가가려고 애썼다. 하지만 몸이 말을 듣지 않았다. 창백한 가라 얼굴이 클로즈업되어 다가왔다.

"안 돼."

나는 제자리에 주저앉았다. 온몸의 힘을 모두 끌어모아 가라를 향해 기어갔다. 가라의 창백한 얼굴을 향해 두 손을 내밀다 멈칫했다. 눈물이 왈칵 쏟아졌다. 눈물을 몇 모금 삼킨 다음 가라의 얼굴을 만졌다. 따뜻했다. 순간 얼음처럼 굳었던 몸과 마음이 녹아내리며 부아가 치밀었다.

"에이씨, 놀랐잖아."

나는 나도 모르게 가라의 뺨을 후려쳤다. 가라가 감았던 눈을 번쩍 떴다. 가라는 손가락 자국이 선명한 뺨을 어루만지며 잠시 멍하니 나를 바라보았다.

"미쳤니? 왜 때리고 지랄이야?"

가라가 벌떡 일어나 내 머리카락을 움켜잡았다. 가라의 입에서 술 냄새가 물씬 풍겼다.

"너는 왜 술 처먹고 지랄이냐?"

나는 가라의 손을 뿌리쳤다. 머리를 얼마나 단단히 움켜잡았는지 머리카락이 뭉텅 빠지는 것 같았다. 내 머리채를 놓는 가라의 손에 머리카락이 수북이 잡혀 있었다.

"에이씨."

나는 가라의 손을 걷어찼다. 머리카락이 방바닥에 흩어졌다. 초록색 소주병 위에도 몇 가닥이 떨어졌다. 소주병을 보는데 또 눈물이 왈칵 쏟아졌다.

"미안. 오라 너 탈모 있다는 거 깜박했다. 머리카락이 왜 이렇게 숭숭 빠지냐? 야, 걱정 마라. 내가 나중에 돈 벌면 네 머리에 머리카락 수억 개 심어 줄게."

가라가 술 냄새를 풍기며 말했다.

"왜 술 처먹고 지랄이냐고? 아, 짜증 나."

"아빠가 밤마다 술을 퍼마시잖아. 안방에 가 봤더니 여기저기 소주병을 쟁여 놨더라고. 그래서 치우다가 한 병 마셔 보았다. 아빠의 건강을 생각하는 효녀의 갸륵한 마음이라고나 할까. 그런데 속이 울렁거리고 메슥거리는 게 기분 더럽다."

가라는 말끝에 꺽! 하고 트림을 했다. 배 속에 한번 들어갔다 나온 술 냄새는 고약했다.

"앞으로는 소주 먹지 마. 진짜 놀랐잖아."

"왜 놀라? 겨우 소주 한 병 마시고 죽기라도 할까……."

가라가 말을 하다 멈칫했다. 가라의 얼굴이 도로 창백해졌다. 가라도 생각해 낸 거다. 그날 일을. 벚꽃이 흩날리던 4월의 어느 토요일 그날의 일을. 밖에 나갔다 돌아온 아빠가 울며불며 119를 불렀고 얼핏 들여다본 안방에 엄마는 누워 있었다. 그리고 옆에는 소주병이 나뒹굴었다. 몇 병인지는 모르겠다. 몇 병인지는 중요한 게 아니었으니까. 119 들것에 실려 가는 엄마가 내 옆으로 지나갈 때 엄마 손이 내 손에 닿았다. 손이 얼음처럼 차가웠다. 그때 나는 엄마가 죽을지도 모른다고 생각했다. 엄청난 충격이었다. 엄마는 입원을 했고 며칠 뒤에 퇴원을 했는데 퇴원해서 집으로 돌아오는 그 며칠

74

동안 나는 아무것도 할 수 없었다. 아무것도 못 하는 내 눈 앞에는 계속 초록색이 일렁거렸다.

"난 안 죽어, 바보야."

가라가 말했다.

"나는 남의 돈을 꿀꺽한 적도 없고, 같이 남의 돈을 꿀꺽하자고 꼬드기는 남자친구도 없어."

"남자친구라는 증거는 없어."

나는 가라를 쏘아보았다.

"흥. 꼭 말을 해야 아니? 말을 하지 않아도 앞뒤 정황을 보면 알 수 있잖아."

엄마가 회삿돈을 횡령했다고 했다. 엄마 혼자 그런 게 아니라 같은 회사에 다니는 사람과 짜고 저지른 사건이라고 했다. 그 사람과 엄마가 어떤 사이이고 그 돈이 어디에 쓰였고 얼마나 남았고, 한동안 인터넷에도 등장하던 사건이었지만 나는 자세히 모른다. 어느 날 인터넷으로 어떤 기사를 보는데 엄마 이야기와 똑같아서 그날 이후로 한참 동안 인터넷을 보지 않았으니까. 정확히 아는 것은 횡령했다는 그 돈을 다 갚았고 회사 대표가 돈을 받은 다음에 모든 걸 없었던 일로 해 주었다는 거다. 고소인지 뭔지 취하하고 말이다. 가라가 그러는데 돈을 갚은 사람은 아빠라고 했다. 강이 보이는 곳에 한창 지어지고 있는 아파트를 팔아 마련한 돈과 회사를 그만두고 받은 퇴직금으로 갚았다고 했다.

가라에게 자세한 말을 들었을 때 나는 참 다행이라고 생각했다. 아빠를 생각하면 마음이 아프지만 엄마에게 아무 일도 일어나지 않을 테니까. 그것만 해도 다행이었다. 그런데 그건 내 착각이었다. 엄마는 온다 간다 말도 없이 떠났다. 엄마가 떠나던 날, 나는 아파트 상가 편의점 앞에서 캐리어를 끌고 가는 엄마를 보았다. 눈이 마주쳤는데 엄마는 아무 말도 하지 않았다. 나도 엄마에게 아무 말도 묻지 않았다. 나는 엄마가 쪽팔리니까 잠시 어디론가 가는 거라고 믿었다. 엄마가 떠나고 나서 며칠 뒤에 그 아줌마가 찾아왔다. 엄마는 어디 갔느냐고 자꾸 물었다. 알고 보니 그 아저씨도 사라졌다고 했다. 오라는 그 아저씨가 엄마의 남자친구라고 했다. 엄마는 남자친구와 함께 사라진 거라고 말했다. 하지만 나는 확인되지 않은 건 믿고 싶지 않았다. 믿고 싶지는 않지만 한 가지 확실한 것은 엄마가 엄청나게 창피할 거라는 사실이다. 나와 가라의 얼굴 보기도 쪽팔리고 아빠의 얼굴 보기는 더 쪽팔릴 것이다. 그래서 잠시 나갔다고 믿었다.

"오라 너는 마음이 약한 게 탈이야. 그런 약해 빠진 마음으로 이 험난한 세상을 어떻게 살래? 하긴 이해는 한다. 자라 보고 놀란 가슴 솥뚜껑 보고 놀란다는 속담도 있으니까. 아무튼 앞으로 소주는 마시지 말아야겠다. 아, 속 울렁거려."

나는 라면 세 개를 끓였다. 달걀은 넣지 않았다.

"왜? 라면 끓여 달라고 안 했는데?"

"그냥 끓여야 할 거 같아서."

"달걀 넣었냐?"

"아니."

"잘했어."

나는 가라와 마주 앉아 라면을 먹었다. 라면 국물이 넘어가면서 가슴 중간에 걸린 딱딱한 덩어리 같은 것이 쑥 내려가는 느낌이었다. 어쩌면 가라는 이런 느낌 때문에 스트레스를 받는 날마다 라면을 찾는 게 아닐까. 라면은 반도 먹지 못하고 버렸다.

라면을 먹고 나서 편지 10통을 썼다. 믿지는 않지만 찜찜했다. 진짜 저주가 찾아올 것 같은 기분이었다.

편지 10통을 105호부터 506호까지 우편함에 넣었다. 우리 집을 뺐더니 한 통이 남았다. 나는 그걸 103호 우편함에 던져 넣고 왔다.

세면대 수도꼭지에서 물이 저절로 흘러내렸다고?

　중간고사 기간에는 성찬이도 방송을 쉬었다. 강호가 구독 자를 위해서 방송을 쉰 거라면 성찬이는 자신의 시험공부를 위해 쉬는 거였다.

　중간고사 기간 중에 나는 205호 할머니를 단 한 번도 볼 수 없었다. 늦은 밤 화단 앞에도 나오지 않았다. 보이지 않으 니까 궁금했다. 솔직히 말하면 205호 할머니가 궁금한 게 아니라 휴대전화가 궁금했다. 휴대전화는 괜찮은 걸까, 무사 한 걸까.

　아무 일도 일어나지 않고 중간고사가 끝났다. 진짜 아무 일 도 일어나지 않았다. 시험을 아주 잘 보는 기적 같은 일도 일 어나지 않았고, 그렇다고 해서 다른 때보다 폭삭 망치는 재 수 없는 일도 일어나지 않았다.

　중간고사가 끝나자마자 강호가 3부 예고를 했다. 방송일은 일요일 밤 11시였다.

일요일 저녁이 되자 비가 내리기 시작했다. 천둥 번개까지 쳤다. 비가 많이 내린다는 이유를 대고 방송을 취소할 수도 있겠다는 생각이 들었다. 하지만 정작 11시 강호의 방송은 시작되었다. 강호가 방송을 시작하자 거짓말처럼 비가 뚝 그쳤다.

'오늘도 발소리가 들릴까?'

몸 구석구석에 있는 궁금증 세포들이 서서히 고개를 쳐들었다.

- 여러분 안녕하세요? 구독자분 중에 중간고사를 본 분이 많을 거예요. 시험은 잘 보셨나요? 오늘은 소리담 화장실 괴담 3부를 방송하는 날입니다. 며칠 동안 제 방송을 많이 기다리셨을 텐데요. 그럼 시작해 보도록 하겠습니다.

강호가 소리담 화장실을 향해 걸어갔다. 비가 그치기는 했지만 칠흑처럼 어두웠다. 드문드문 서 있는 가로등 불빛만으로 그 어둠을 밀어내기에는 역부족이었다.

- 찰바닥찰바닥

강호는 젖은 발소리를 내며 화장실 앞에 도착했다. 화장실 입구 문은 약간 열려 있었다.

- 2부 방송할 때 깜박 잊은 게 있었는데요, 불을 켜려고도 하지 않았다는 겁니다. 과연 전등은 제대로 작동을 할까요? 일단 불을 켜 보도록 하겠습니다.

딸깍! 소리가 들렸다. 스위치를 찾아 누른 모양이었다. 하지만 전등은 켜지지 않았다. 딸깍딸깍! 몇 번이나 같은 소리가 났지만 마찬가지였다. 괴담이 존재하는 화장실, 이미 사람의 인적이 끊긴 화장실. 전등이 켜지면 그건 괴담이 존재하는 화장실의 품격을 잃는 것 아닌가. 불이 들어올지 모른다는 발상 자체가 웃긴 거지.

- 역시 불은 들어오지 않습니다. 그럼 들어가 보도록 하겠습니다. 굉장히 캄캄한데요, 아 참, 무슨 일이 생기면 112, 꼭 기억해 주세요.

1부와 2부 때보다는 좀 더 담대해진 목소리였지만, 그래도 떨리기는 마찬가지였다.

터억! 발을 화장실 안으로 들여놓는 소리가 나고 화면은 캄캄해졌다.

- 오래된 화장실 냄새가…… 납니다.

그냥 화장실 냄새와 오래된 화장실 냄새는 어떻게 다른 걸까. 갑자기 궁금해졌다.

잠시 후, 화장실 창을 통해 들어온 빛으로 어둠이 조금은 익숙해졌다. 그러자 화장실 칸마다 문이 희미하게 보였다.

- 꼴깍

강호의 침 넘기는 소리가 다시 들렸다.

- 저벅…… 저벅

희미하게 발소리가 들렸다. 숨을 멈춘 순간,

- 쏴아아아

물소리가 들렸다.
발소리는 물소리에 잠겼다.

- 쾅

요란한 소리와 함께 화면은 조금 전보다 훨씬 더 캄캄해졌다. 화장실 입구 문이 닫힌 것 같았다. 물소리는 계속 들리는데 강호의 멘트는 없었다.

잠시 후 우당탕탕 소리가 나며 화면이 약간 환해졌다. 그리고 후다닥 뛰는 소리가 나며 헉헉거리는 강호의 숨소리가 들리고 화면은 사정없이 흔들렸다. 자동차 불빛이 보이는 곳에서 화면은 고정되었다.

- 여러분, 헉헉헉.

강호의 숨소리가 거칠었다. 한동안 숨소리만 들렸다.

- 여러분 저는 소리담 공원에서 탈출해서 공원 밖으로 나왔습니다.

화면에 강호의 얼굴이 나타났다. 어둠 때문에 정확히 보이지는 않았지만 겁에 질린 표정은 분명했다.

- 여러분, 화장실 안이 너무 어두워서 뭐가 있는지 잘 보이지는 않았습니다. 하지만 세면대에서 저절로 물이 흘러내린 건 확실합니다. 저는 수도꼭지를 건드리지 않았습니다, 꼴깍. 오늘 방송은 여기

서 마치겠습니다.

화면이 꺼졌다.

조작이라고 하기에는 겁에 질린 강호의 눈빛이 너무 생생했다. 강호가 아카데미 주연에 빛나는 연기자도 아니고 그렇게 생생하게 연기할 수는 없다. 하지만 조작이 아니라고 말하기에는 강호가 너무 담대하다. 아무리 지켜보는 구독자들로 믿는 구석이 있다고는 하나 그렇게 화장실에 쑥 들어갈 수는 없다. 헷갈렸다. 이렇게 생각하면 조작 같고 저렇게 생각하면 조작이 아닌 것 같았다.

강호의 3부 방송은 대박을 쳤다. 구독자는 몇 배로 늘어났고 조회 수도 폭발했다. 댓글에 대댓글로 정신이 하나도 없을 정도였다. 조작이 아닐까 의심하는 댓글도 있었다. 하지만 강호는 댓글에 대해 어떤 반응도 보이지 않았다.

- 4부와 5부 방송을 계속할지 그만둘지 그건 고민 좀 해 보겠습니다.

강호의 이 말은 엄청난 결과를 가져왔다. 소리담 화장실에 진짜 뭔가가 있다는 증거라는 말과 함께 입소문을 타고 구독자는 실시간으로 늘어 갔다. 방송을 계속하라는 요청도 쏟아졌다. 어차피 시작한 거 끝을 보라며 응원하는 글로 도배가 되었다. 경찰에 신변 보호를 요청하고 방송을 하면 큰일이야 있겠느냐는 글도 있었다.

강호는 자꾸 뜸을 들였다. 그러면 그럴수록 강호 TV의 인기는 치솟았다.

나도 4부와 5부에서 어떤 영상을 보게 될지 궁금했다. 강호가 방송을 빨리 했으면 좋겠다고 생각했다. 조작이든 아니든 그걸 떠나 궁금했다. 특히, 그 발소리가 말도 못하게 궁금했다.

강호는 일주일을 그냥 흘려보냈다.

강호가 4부 방송 예고를 한 것은 정확하게 일주일 뒤였다. 일요일 아침 소리담 화장실 괴담 파헤치기 4부 방송 예고가 떴다. 기다렸다는 듯 댓글들이 폭발했다. 드디어 아기 업은 귀신을 볼 수 있게 되느냐, 112에 신변 요청은 하고 나서 시작해라부터 새로운 유명 유튜버 탄생이라는 응원의 메시지까지 댓글 내용은 다양했다.

강호가 방송을 한다고 예고를 하고 나서 두어 시간 뒤 비가 내리기 시작했다. 시간이 지날수록 빗줄기는 거세졌고 날이 어두워지면서 바로 앞도 분간할 수 없을 정도의 폭우로 변했다.

4부 방송은 방송 직전 10시 40분에 취소되었다. 폭우로 인해 촬영 불가라고 했다. 가슴 졸이며 방송을 기다리던 구독자들의 불만이 터져 나왔다. 4부 방송은 어차피 화장실 안에서 할 예정 아니었냐? 실내에서 방송하는 건데 폭우가 내리든 천둥 벼락이 치든 뭔 상관이냐, 솔직히 말해라, 무섭지? 무서워서 꼬리 감추려는 거지? 온갖 불만과 욕설들이 난무하는 가운데에서도 강호는 침묵을 지켰다.

겨드랑이를 보고 말았다

아파트 입구에 성찬이가 서 있었다. 처음 있는 일이었다. 성찬이와 친하게 지낼 때도 없었던 일이었다. 나는 성찬이를 못 본 척 비켜 지나갔다.

"백오라, 네 영상 만드는 솜씨는 대한민국 중학생들 중에서 따라올 아이가 없어. 특별히 배운 적도 없는데 그 정도면 천재지, 천재."

성찬이가 내 옆으로 따라오며 말했다. 이 칭찬은 또 뭔지 모르겠다.

"진지하게 말할게. 저번에 살짝 말했잖아? 방송 같이 하자고. 나랑 같이 방송 하자. 진짜 대박 날 수도 있어. 아니다, 대박 날 수도 있는 게 아니라 완전 대박 터질 거야. 그런데 지금이 딱 시작할 때야. 개인 방송이라는 게 때를 잘 타야 해. 유행은 금세 지나가거든."

나는 성찬이가 뭐라거나 말거나 들은 척도 하지 않았다.

"돈 엄청 벌 수 있어. 엄청. 그래도 안 해? 사람들의 호기심과 재미를 백 퍼센트 충족시킬 수 있어."

나는 성찬이를 뚫어져라 바라보았다. 나는 적어도 성찬이가 방송을 사랑하는 아이라고 믿었다. 성찬이가 미워도 말을 하고 지내는 까닭이다. 그런데 성찬이가 저런 말을 하다니.

"화장실 괴담 방송은 사람들의 호기심을 제대로 자극하는 기획이야. 나는 처음 강호가 그 방송을 한다고 했을 때 강호가 어떻게 그런 생각을 해냈는지 놀랐어. 처음에는 기획만 좋았지 실제 방송은 따라 주지 못했거든. 그런데 어느 날 달라졌어. 밤에 현장 방송을 하기로 한 거지. 그리고 지금 구독자가 폭발적으로 늘어나고 있어. 강호가 유명 유튜버가 되는 건 시간문제야."

"그래서 강호를 보고 너도 유행 따라 움직이는 개인 방송을 하고 싶다는 거니? 많이 부러운가 보다. 하긴 돈이 싫은 사람은 없지."

"비꼬지 마. 남들이 다 하는데 나만 못 하면 그것도 바보야."

"그래? 그럼 유튜브 세상의 정의를 구현하기 위해 강호를 미행하려고 한 건? 결국은 조작과 거짓이 판치는 유튜브 세상의 정의를 구현하려는 게 아니라 강호가 잘나가는 게 샘나서 조작인지 아닌지 밝히려고 눈이 벌게진 거네? 그리고 너도 역시 그런 유의 방송을 하겠다는 거고. 도대체 하고 싶은 방송이 뭐냐? 대박 날 그 방송이 뭐냐고? 하고 싶지는 않지만 되게 궁금하긴 하다."

나는 성찬이를 한심한 눈으로 쳐다보았다.

"지금은 내 계획을 다 말해 줄 수 없어. 네가 방송을 같이 하겠다고 하면 자세히 말해 줄게. 마음 바뀌면 얘기해 줘. 언제든지 오라 너는 환영이니까."

성찬이는 손을 흔들어 보이고는 앞장서서 걸어갔다.

나는 성찬이가 아파트 모퉁이를 돌아서서 보이지 않을 때까지 제자리에 서 있었다. 어쩐지 성찬이가 진짜로 미워질 것 같았다.

학교를 마치고 버스정류장을 지나오는데 205호 할머니가 버스에서 내렸다.

"206호."

205호 할머니가 손을 번쩍 들고 아는 체했다. 얼굴이 화끈 달아올랐다. 206호가 뭐람. 206호가. 그렇다고 206호가 아닌 척 그냥 지나가기도 그렇고 해서 205호 할머니를 힐끗 바라보는데 205호 할머니가 안고 있는 종이가방이 눈에 들어왔다. 전자회사 로고가 선명한 종이가방이었다. 보나 마나 휴대전화이다.

'또 고장?'

내가 이럴 줄 알았다. 다시 한 번 말하지만 기계라는 것이 이상하고 요상한 구석이 있어서 한 번 고장 나면 꼭 그 부분이 다시 고장 난다. 나는 서비스센터에서 나올 때 오늘을 이미 예감했다.

"서비스센터에 다녀오는 길이다. 화면이 영 신통치가 않은 거 같아. 흐릿한 거 같기도 하고 흔들리는 거 같기도 하고. 하도 걱정이 돼서 어젯밤 한숨도 못 잤네. 날 밝으면 바로 서비스센터에 가려고 했는데 뭔 일이 있어서 못 가고 이제야 다녀오는 중이야. 유튜브를 찍으려면 화면이 제일 중요한 거 아니냐? 암, 화면이 제일 중요하지."

205호 할머니는 혼자 묻고 대답했다.

"그래서 고쳤어요? 이제 또렷하게 잘 나와요?"

"내 눈에는 분명 이상한데 고치는 사람 눈에는 아무 이상도 없다지 뭐냐. 나는 그게 더 찜찜해. 어디가 고장이다 이러고 고치면 속이 시원할 텐데 말이야. 사람도 그렇지 않니. 분명 아파서 병원에 갔는데 아픈 데가 없다고 하면 환장할 노릇이지. 그래서 비싼 돈 들여 온갖 검사를 다 하게 되지. 그래도 아무렇지도 않다고 하면 더 환장할 노릇이거든. 아픈 곳을 활짝 펼쳐 보일 수도 없고 말이다."

"잘 좀 봐 달라고 하지 그러셨어요?"

죄책감이 밀려들었다.

"했지. 몇 번이나 다시 봐 달라고 했는데 이상 없다는 말만 반복해."

205호 할머니가 손을 힘겹게 들어 이마를 훔쳤다. 주름이 가득한 거친 손이 훑고 지나간 이마에 지친 기색이 역력했다. 그때 205호 할머니의 겨드랑이가 눈에 들어왔다. 척 보기에도 한없이 낡은 티셔츠는 어디에 구멍이 나도 전혀 이상하지 않을 정도였는데 하필이면 겨드랑이 부분에 구멍이 뚫려 있었다. 신형 휴대전화 값이면 시장에서 파는 티셔츠를 몇 개나 살 수 있을까? 이런 생각이 드는 찰나 파도처럼 밀려들던 죄책감은 집채만 한 해일로 변했다.

"이리 줘 보세요."

휴대전화 화면을 한번 확인해 보고 싶었다. 내가 서비스센터 AS 기사보다 휴대전화 보는 눈이 나을 리는 없겠지만 객관적인 입장에서 화면의 상태를 볼 수는 있다.

"뭐 하려고? 그러다 또 떨어뜨릴라."

205호 할머니는 종이상자를 더 힘껏 껴안았다.

"영상은 찍어 보셨어요? 영상이 이상한지 어쩐지 제가 볼게요."

"괜찮다. 그건 그렇고 어젯밤에 너희 집 현관문 앞에 서 있던 여자는 누군지 모르겠다. 너희 집에 들어가기는 했는지."

"여자요?"

"밖에 나갔다 들어오는데 누군가 서 있더라. 비가 쏟아지는데 머리를 귀신처럼 풀어헤치고 있어서 얼마나 놀랐는지 모른다. 그저 긴 머리는 묶고 다녀야지 왜 미친년처럼 풀어헤쳐서 한밤중에 사람을 놀라게 하는지. 그런데 초인종을 누를 생각도 하지 않고 서 있기만 하던데 나중에 눌렀나 어쨌나."

"몇 시에요?"

긴 머리라면 엄마는 아닌데 누구지?

"12시가 다 되어 가는 시간이었을 게다. 내가 하도 소화가 안 돼서 소화제 사 들고 들어와 먹고 나서 자리에 누울 때가 12시였으니까. 처음 보는 뒷모습이었는데. 내가 말은 하지 않고 지냈어도 너희 집 식구들 뒷모습은 죄다 기억하거든. 인사라고는 할 줄 모르는 사람들이라 얼굴을 정면으로 본 적은 거의 없어도 현관문 열고 들어가는 뒷모습은 아주 자주 봤지. 그런데 처음 보는 뒷모습이었다. 그래도 초인종을 누르기 전에 자기 집이 아닌 것 같은 생각은 들었나 보지? 505호 남자보다는 낫네. 505호 남자는 술만 마셨다 하면 405호 초인종을 누르고 현관문을 차며 문 열라고 난리던데."

아하! 가끔 한밤중에 들리던 그 소리가 505호 남자가 405호에서 술주정하는 거였구나.

"그 소리를 징글징글하게 싫어했어. 그래서 그 뭐냐, 이웃

끼리 서로 얼굴도 잘 볼 수 없다는 고급 아파트에 살고 싶어
했지. 호텔처럼 엘리베이터를 타면 카드를 대야 자기가 사는
층에 갈 수 있는 그런 아파트가 있다면서? 그런 아파트를 부
러워했어.”

“누가요?”

“응?”

“누가 그런 아파트를 부러워해요? 할머니가요?”

“으…… 으응. 그래. 나지, 나야.”

205호 할머니는 다급히 고개를 끄덕였다. 저게 뭐 그리
당황할 일이라고. 고급 아파트에 살고 싶은 건 죄가 아니다.

“할머니, 진짜 궁금해서 그러는데요. 돈 벌고 싶어서 유튜
브를 하려고 그러는 거예요? 그러면 어떤 방송을 할 건지 저
랑 회의라도 해요. 제가 도와드릴게요. 솔직히 말하자면 이
휴대전화 사건에 대해서 약간의 죄책감을 갖고 있거든요.”

나는 진심으로 말했다.

“돈?”

“네. 돈 벌고 싶으신 거 아닌가요?”

“돈이야 있으면 좋지. 돈 버는 걸 마다할 사람이 누가 있
니? 하지만 살아 보니 돈이라는 게 눈이 있더라고. 제가 가
야 할 곳과 가지 말아야 할 곳, 가고 싶은 곳과 가기 싫은 곳
을 신통방통하게도 잘 알더란 말이지.”

풉! 이 상황에 웃음이 터져 나오려고 했다. 돈을 잘 벌고 못 버는 것은 그 사람의 능력이다. 능력이 있는 사람은 하는 일에 성공하고 돈을 벌 확률이 크다. 능력이 있는 사람은 저절로 능력이 생기는 게 아니다. 능력을 키우기 위해 남들보다 더 노력을 하고 애썼을 것이다. 운이 안 따라 줘서 하는 일마다 안 된다고 외치는 것은 능력이 부족한 사람들의 변명이다. 그런데 그 변명보다 한 단계 더 높은 변명이 있다니. 돈이 눈이 달려서 제멋대로 간다고?

"지금부터라도 돈이 '가야 할 곳이다' 이러고 올 수도 있잖아요?"

그렇다고 해서 205호 할머니가 능력이 없다는 말은 할 수 없었다.

"나 말이냐? 에이. 나는 이미 텄다, 텄어. 눈먼 돈이 아니고서야 어디 나한테 오겠니? 말이라도 고맙다."

"그런 마음을 가지고 있으면 뭐든 잘할 수 없어요."

"뭐라고?"

"상식적으로 생각해 보세요. 시작하기도 전에 이건 꼭 실패할 거다, 나는 절대 잘할 수 없다, 안 될 거다, 이러고 마음먹고 시작하면 뭐가 잘되겠어요."

"듣고 보니 네 말이 맞구나. 뭘 시작도 해 보기 전에 무조건 안 된다고 하면 기운이 빠지겠지. 기운이 빠져 하는 일

이 뭔들 잘되겠니. 같은 일이라도 신바람 나서 하는 일이 잘
되겠지."

"제 도움이 필요하면 꼭 말씀하세요."

205호 할머니와 헤어져 집에 들어서면서도 자꾸 찜찜했다.
겨드랑이 부분의 구멍을 안 봤어야 하는데.

"노인들이 하기 좋은 콘텐츠가 뭐가 있을까?"

205호 할머니를 수십억씩 버는 유튜버는 아닐지라도 적어
도 옷이 낡으면 바로바로 새 옷을 사 입을 수 있을 정도의 유
튜버로 만들어 주고 싶었다.

205호 할머니에 대한 생각은 아빠가 돌아오면서 멈췄다.
아빠가 웬일로 치킨을 사 왔다. 가래떡이 들어간 매운맛 치
킨이었다. 우리 가족은 모두 매운맛 치킨을 좋아한다. 매우
면 매울수록 더 좋다.

"웬일이야?"

가라가 치킨 상자를 펼치고 있는 아빠에게 물었다.

"뭐가?"

"우리 치킨 끊은 거 아니었어?"

"치킨이 담배냐? 술이야? 도박이야? 왜 끊어? 우리 중에
누가 치킨 끊자고 말한 적 있냐?"

"꼭 말을 해야 해? 말은 하지 않아도 서로 통하는 거 있잖
아. 나는 치킨을 먹으면 안 된다고 생각했는데?"

"치킨에 뭐 그리 복잡한 의미를 두니? 치킨은 말이야, 그냥 먹는 거야. 우리나라 사람들이 가장 좋아하는 음식, 안주로도 간식으로도 일 번으로 꼽는 그냥 먹거리라고. 쓸데없는 소리 말고 어서 와서 먹기나 해."

우리 셋은 묵묵히 치킨을 뜯었다. 콧물이 삐져나올 정도로 매운맛에 호호거리고 눈물을 찔끔거리며 먹었다. 치킨 맛은 여전했다. 변함이 없었다. 하지만 치킨을 먹는 내내 허전했다. 옆구리가 쌩하도록 허전했다.

나는 그 허전함이 매운 치킨의 원조 킬러인 엄마의 빈자리라는 걸 깨달았다. 나와 가라 그리고 아빠는 매운 치킨을 먹지 못했다. 초등학교 4학년 때까지만 해도 치킨을 시킬 때면 항상 반반을 시켰다. 반반을 시켜 먹으면서 깨달은 것은 나와 가라 그리고 아빠가 손해를 보며 치킨을 먹고 있다는 사실이었다. 반은 셋이 먹고 반은 엄마 혼자 먹었다. 그건 공정하지도 공평하지도 않았다. 한번은 치킨집 사장님에게 매운 양념 맛은 4분의 1만 해 달라고 했다가 그렇게 복잡한 주문을 할 거면 차라리 먹지 말라는 소리를 들었다. 그래서 매운 양념에 서서히 도전하기 시작했는데 먹으면 먹을수록 오묘하고 깊은 맛이었다. 눈물 한번 신나게 쏟을 때는 사이다를 들이키는 기분이었는데 그 맛은 옵션이었다. 그렇게 나와 가라 그리고 아빠는 서서히 매운 양념치킨에 길들여졌다. 길들여진다는 것은 무서운 일이었다. 일주일에 한두 번은 꼭 매운 치킨을 시켜 먹을 정도로 우리 가족은 열렬한 매운 치킨의 팬이 되어 버렸다. 그런데 엄마가 사라진 뒤 누구도 치킨을 먹자는 말을 꺼낼 수가 없었다.

"언제든지 먹고 싶으면 말해."

아빠가 말했다.

"돈은 있고?"

"딸들한테 치킨 사 줄 돈도 없으면 죽어야지."

"하긴 소주 값만 아껴도 치킨은 원 없이 먹을 수 있겠네. 아빠, 앞으로 소주 마시지 마."

가라가 손가락에 묻은 치킨 양념을 쪽쪽 빨며 말했다.

"소주 마셔도 치킨 사 줄 돈 있어. 걱정하지 마."

"그게 아니고, 아빠가 소주를 계속 마시다가는 어느 날 갑자기 오라한테 맞아 죽을 수도 있을 거 같아서 그래. 소주 마시다 딸한테 맞아 죽은 아빠라고 인터넷을 달구고 싶어?"

"오라가 아빠를 때려? 뭔 해괴망측한 소리야?"

"오라는 소주를 아주 싫어하거든. 아, 그런 게 있어. 아무튼 이제부터 소주 마시지 마."

아빠가 나를 힐끗 바라보았다. 갑작스러운 가라의 말에 당황스럽기는 했지만 나는 아빠의 눈을 피하지 않았다. 내가 소주를 싫어하는 것은 사실이니까. 초록색 병을 보면 가슴이 후드득 떨리는 것도 사실이니까.

"맥주로 바꿀게. 딸한테 맞아 죽은 아빠는 별로니까."

잠시 후 아빠가 말했다.

"아, 그러지 말고 술 끊으라고."

가라가 소리를 빽 질렀다.

의문의 인물

4부 방송은 방송을 취소하고 나서 3일 뒤였다.

"오늘 드디어 아기 업고 손을 씻는 귀신을 보는 거냐?"

교실 안은 하루 종일 소리담 화장실 4부 방송으로 시끄러웠다.

수업을 마치고 제일 먼저 교실에서 나오는데 복도에서 가라가 기다리고 있었다.

"이거 갖고 가."

가라는 자기 가방을 내 어깨에 걸쳤다.

"왜?"

"잠깐 갈 데가 있거든."

어디에 가느냐고, 어딘지 모르지만 네 가방은 네가 가져가라고 말하기도 전에 가라는 복도를 내달려 사라졌다.

가라는 저녁이 되어도 돌아오지 않았다. 엄마 사건이 터지고 나서 모든 학원과 과외를 그만둔 가라였다. 아빠는 한 곳

정도는 보내 줄 수 있다고 했다. 그래서 나는 학원 한 곳은 남겨 두었는데 가라는 칼로 무를 자르듯 깔끔하게 그만두었다.

가라는 학교를 마치면 집으로, 집을 나서면 학교로, 그게 전부였다. 대체 어디에 간 건지 궁금했다. 휴대전화도 받지 않았다. 시간이 지나면서 그 궁금증은 걱정으로 바뀌었다.

날이 어두워지기 시작하자 나는 집 밖으로 나왔다. 해만 지면 이불 속으로 파고드는 가라가 돌아오지 않고 있다. 무슨 일이 생긴 것은 아닌지 가슴이 쿵쿵댔다.

어디로든 찾아 나서고 싶은데 어디로 가야 할지 막막했다. 아파트 앞을 서성거리다 학교 가는 길로 접어들었다. 조금 걷다 생각하니 학교는 아니다 싶었다. 도로 돌아서서 멍하니 어두운 하늘을 바라보았다. 달도 별도 없는 하늘은 검은 도화지 한 장을 펼쳐 놓은 듯했다. 그때 머리를 스치고 지나가는 생각이 있었다.

'백오라, 〈비 내린 오후, 네가 왔다〉 영화 세트장 가 봤어? 거기에 가서 소원을 빌면 만 명 중에 한 명의 소원은 이루어진다더라. 한번 가 보고 싶어.'

언젠가 가라가 했던 말이다. 나는 그 말에 콧방귀를 뀌었다. 다른 쪽에는 꽤 합리적이고 영리한 가라가 그런 말에 혹해서 진지한 표정을 짓는 게 웃겼다. 그런 말은 충분히 만들어 낼 수 있다. 뭔가 유명세를 타면 그 유명세에 걸맞은 스토

리 하나쯤은 만들어지는 법이니까. 〈비 내린 오후, 네가 왔
다〉는 여주인공이 씨앗처럼 품고 있던 소원을 이루어 가는
과정을 그린 영화다. 그 과정이 눈물겨우면서도 아름다웠다.
어쩌면 우리도 그런 씨앗 하나 품고 포기하지 않고 살면 언
젠가는 이룰 수 있다는 희망을 주기도 했다. 하지만 만 명 중
의 한 명이라니. 만 분의 일이라는 확률은 너무 심한 거 아닌
가? 어차피 믿거나 말거나 스토리이면 백 명 중 한 명이라고
하든가. 그게 심하다 싶으면 천 명 중 한 명이라고 하든가. 이
건 뭐, 이 장소에서 절대 소원 빌 생각은 하지 마시오, 하고
공개적으로 통보하는 것도 아니고 말이다. 조금만 냉정하게
생각하면 만 분의 일이라는 확률이 얼마나 통과하기 힘든 것
인지 알 수 있는데 상기된 표정으로 진지하게 말하는 모습이
라니. 콧방귀를 뀌지 않을 수가 없었다.

'혹시 거기에 간 걸까?'

진지했던 가라의 얼굴을 떠올리자 그럴 수도 있을 것 같
았다.

당장 그곳에 가 보고 싶은데 빈손으로 나왔다. 버스를 타고
가야 하는데 버스비가 없었다.

'걸어갈까? 집에 가서 돈을 가지고 나올까?'

망설이다 걸어가기로 했다. 어차피 영화 세트장은 버스에
서 내려 15분 정도 걸어가야 한다. 지름길로 가면 빠른 걸음

으로 20분 정도면 충분하다. 걸어가는 게 더 나을 듯했다.

영화 세트장으로 가는 지름길은 신축 아파트 공사현장을 지나야 했다. 인적 없는 공사현장에는 진한 콘크리트 냄새가 가득했다. 짙은 어둠 속에서 일렁거리는 건물의 실루엣에 심장이 쫄깃해졌다. 버스를 타고 가야 했다는 후회가 밀려왔다. 우뚝 솟아 있는 검은 건물에서 뭔가 툭 튀어나올 것 같았다. 정수리 부분의 머리카락이 곤두서는 느낌, 누군가 뒤에서 티셔츠 자락을 슬며시 잡는 느낌, 그리고 발바닥에 끈적이는 접착제가 묻어나는 느낌, 신축 아파트 공사현장을 지나는 기분은 세상에 존재하는 모든 기분 나쁜 것들의 종합 세트와도 같았다.

'아차."

겨우 신축 아파트 공사현장을 지났을 때 나는 절망에 빠졌다. 영화 세트장으로 가는 지름길에 소리담 공원이 있었다. 그 생각을 못 하다니.

소리담 공원 인근에는 인적이 끊겼을 것이다. 냉랭하고 스산한 바람이 부는 그곳을 지나갈 자신이 없었다. 곰곰이 생각해 봐도 소리담 공원을 지나지 않고 빠져나갈 다른 길도 없었다.

'오늘 강호가 방송하는 날이지?'

나는 휴대전화를 보았다. 8시 35분! 방송 시간인 11시까지는 한참이나 남아 있었다.

돌아가는 게 나을 것 같아 뒤돌아보았다. 멀리 산처럼 솟아 있는 검은 아파트 그림자에 가슴이 서늘해졌다. 나는 가라에 게 전화를 했다. 가라는 여전히 전화를 받지 않았다.

'눈 딱 감고 지나가자.'

나는 소리담 공원을 지나가기로 결정했다.

소리담 공원에서 강호는 세 번이나 방송을 했다. 세 번이나 아무 일도 없었다. 누구와 같이 갔든 혼자 갔든 아무 일도 일 어나지 않았다는 것은 안전하다는 뜻이기도 하다.

얼마를 걸었을까. 코끝으로 들어오는 바람이 축축했다. 그 걸 느끼는 순간 이마에 빗방울이 뚝 떨어졌다.

- 두두두둑

휴대전화 위로도 빗방울이 마구 떨어졌다. 하필이면 지금 비가 내리다니. 직접 본 적도 없는 아기 업은 귀신의 모습이 눈앞에 떠올랐다. 귀신과 비는 잘 어울리는 조합이다.

'괜찮아, 백오라. 지금은 초저녁이야. 귀신이 나올 시간이 아니라고.'

나는 심호흡을 한 다음 소리담 공원을 향해 걸었다. 두두 두둑! 빗방울이 나뭇잎에 부딪히는 소리가 요란했다. 어둠 속에 소리담 공원이 아스라이 보였다.

"휴."

안도의 숨이 쉬어졌다. 소리담 공원이 도심 한가운데에 있다는 사실을 깜박 잊고 있었다. 소리담 공원 주변은 건물들이 즐비했고 불빛이 찬란했다. 소리담 공원 부근만 음침할 뿐이었다.

왼쪽으로 약간 꺾어진 길을 돌아서자 소리담 공원 입구가 보였다. 입구를 지나 쭉 올라가면 영화 세트장으로 가는 길이다. 여기만 지나면 아파트도 있고 가게들도 있었다. 나는 두 주먹을 불끈 쥐고 걸음을 빨리했다.

소리담 공원 입구에 거의 다다랐을 때였다. 공원 안에서 검은 그림자가 일렁였다. 그리고 소곤거리는 소리도 들렸다. 심장이 철렁 내려앉음과 동시에 다리가 덜덜 떨렸다. 모른 척 지나갈 수도 없었다. 내가 입구를 지나갈 때 누군지 모르지만 공원 안에 있는 사람들이 볼 수 있었다. 깜깜한 시간에 이런 곳에서 누군가를 만난다는 것은 공포스러운 일이다. 사람이든 귀신이든 마찬가지다.

나는 소리담 공원의 담장 역할을 하고 있는 큰 나무에 몸을 바짝 밀착시켰다.

- 쏴아아

후드득 떨어지던 빗방울이 순간 폭우로 변했다.

주변을 둘러보았다. 영화 세트장에 가는 걸 포기하고 집으로 돌아갈 수 있는 길을 머릿속에 그려 보았다. 50미터 정도 떨어진 곳에 넓은 차도가 있다. 거기까지만 무사히 가면 걸어가든 어쩌든 무사히 집에는 갈 수 있다. 문제는 넓은 차도로 가려면 이 소리담 공원 입구를 지나가야 한다는 것이다. 아무래도 저 사람들이 어디로든 갈 때까지는 기다려야 할 것 같았다. 설마 이 비를 맞으면서 계속 저기에 있진 않겠지. 빗줄기 때문에 그 사람들의 모습은 보이지 않았지만 있는지 없는지 확인도 안 된 상태에서 섣불리 지나갈 수는 없었다. 어떤 방법으로 그 사람들이 간 걸 확인할까 고민하고 있는데 하늘에 구멍이 난 듯 쏟아지던 비가 뚝 그쳤다. 빗소리가 사라진 어둠 속에서 두런두런 사람들의 목소리가 들렸다. 아직도 거기에 있는 게 분명했다.

어둠을 뚫고 들려오는 목소리로 알 수 있는 것은 성별이 남자라는 것이었다. 무슨 말을 하는지 내용은 들리지 않았다. 낯선 남자들이 있다는 것만으로도 공포는 극에 달했다. 인터넷을 장식했던 온갖 사건 사고들이 머릿속을 스치고 지나갔다.

그때였다. 그들이 있는 곳에서 환한 빛이 보였다. 휴대전화 불빛이었다. 높은 위치에서 이리저리 흔들리는 걸 봐서 휴대전화는 셀카봉에 달려 있는 게 분명했다.

'강호?'

이 시간에 셀카봉을 들고 소리담 공원에 나타날 사람은 강호일 가능성이 크다. 나는 몸을 최대한 낮추고 입구 쪽으로 다가갔다. 하지만 목소리만으로 누구인지 정체를 밝혀내기에는 불가능했다.

'이왕 이렇게 된 거 방송하는 걸 보고 갈까? 발소리의 주인공이 누군지 확인도 할 겸.'

몸으로 휴대전화를 가린 다음 시간을 보았다. 9시가 조금 넘었다. 두 시간 정도 기다려야 하지만 지금 이곳을 벗어날 방법도 없었다. 나는 입구 바로 앞까지 다가가 나무에 몸을 밀착시킨 채 쪼그리고 앉았다. 목소리가 훨씬 가깝게 들렸다. 어른의 목소리가 아니었다. 강호일 확률이 더 높아졌다.

'만약 강호라면 강호 혼자 이곳에 오지 않았다는 말이네. 그럼 그렇지. 강호가 혼자 밤에 이곳에 올 수는 없지.'

저런 식으로 사람들을 속이면서 방송을 하다니. 어리숙해서 어쩐지 짠하고, 그래서 편을 들어주고 싶은 마음을 유발하는 강호. 그런 강호가 많이 변했군.

'그냥 확 현장을 덮칠까?'

당장이라도 뛰쳐나가려다가 고개를 저었다. 강호라고 짐작만 할 뿐 강호인지 아닌지 확실한 건 없었다. 나는 용암처럼 솟구쳐 나오던 정의감을 꾹꾹 눌러 진정시켰다.

"진짜 무서워."

목소리가 높아졌다. 나는 나도 모르게 자리를 박차고 일어날 뻔했다. 귓속으로 확 박히는 목소리는 최강호가 분명했다.

"당연히 무서워야지. 여기는 귀신 괴담이 있는 소리담 공원인데."

다른 목소리도 약간 커졌다.

"미리 문이 닫힌다는 걸 알았다면 그 정도로 놀라진 않았을 거야."

"미리 알면 안 놀랐겠지. 그런 생생한 표정은 안 나왔을 거야."

들으면 들을수록 어디서 많이 듣던 목소리인데 누구인지 얼른 생각이 나지 않았다.

그때였다.

- 드르르륵 드르르륵

휴대전화가 울렸다. 너무 놀라 심장이 멎는 줄 알았다. 나는 휴대전화를 품 안에 넣고 뒤돌아 앉았다. 가라였다. 나는 전화를 받지 않고 끊었다. 휴대전화를 끄려는 순간 다시 전화가 왔다.

"왜 전화를 끊고 지랄이야?"

엉겁결에 전화를 받자 고래고래 소리치는 가라의 목소리가 고스란히 밖으로 울려 퍼졌다.

"나중에, 나중에 할게."

나는 기어 들어가는 목소리로 말했다.

"뭐라고? 뭐라는 거야?"

얘가 기차 화통을 삶아 먹었나, 오늘따라 왜 이렇게 목소리가 큰지 모르겠다.

"문자, 문자로 할게."

나는 얼른 전화를 끊었다.

전화를 끊고 소리담 공원 입구 쪽을 봤을 때는 이미 강호 일행은 사라진 뒤였다.

> 너 어디냐?

나는 가라에게 문자를 했다.

> 집. 오라 너는 어디냐?

> 너 찾으러 나왔어. 곧 들어갈 거야. 전화하지 마.

나는 가라에게 전화를 했다.

"이상한 짓 같은 소리 하고 있네. 너 찾으러 가다가 소리담 공원까지 왔거든."

"나를 찾으러 가는데 왜 소리담 공원에 있어?"

"그걸 말하려면 길고, 아무튼 소리담 공원까지 왔으니 오늘 강호 방송 여기서 보고 가려고. 4부 방송하는 날이거든, 오늘이. 끊는다."

전화를 끊고 어둠이 가득한 소리담 공원 안을 바라보았다. 강호가 여기 어딘가에 있다고 생각하니 하나도 무섭지 않았다. 그래, 이런 거다. 아는 사람이 같이 있다는 거. 강호는 그래서 자정이 가까운 시간에 괴담이 있는 화장실을 촬영할 수 있었던 것이다.

시간은 점점 방송 시간을 향해 가고 있었다. 시간 가는 속도가 다른 날보다 더뎠다.

방송 시간이 다 되었을 때 강호는 4부 방송을 취소했다. 이유는 말하지 않았다. 비도 내리지 않았다. 그런데 뜬금없이 취소라니. 기운이 쭉 빠졌다.

의심스러운 성찬이

내가 집 안에 들어서자마자 가라는 라면 세 개를 끓여 달라고 했다. 어디 가서 무슨 짓을 했는지는 모르지만 몰골이 하도 지쳐 보여서 나는 달걀을 풀지 않고 라면을 끓여 줬다. 하지만 가라는 국물만 자꾸 들이켤 뿐 면발은 한 젓가락도 먹지 못했다. 가라는 행선지를 끝내 말하지 않았다.

어디서 많이 듣던 낯익은 목소리라고 여겼던 그 목소리의 주인공이 떠오른 것은 화장실에 가고 싶어 잠에서 깼을 때였다. 화장실에 가려고 일어나는 순간 펑! 하고 머릿속에서 뭔가 터지는 소리가 났고 몽실몽실 안개 같은 것이 피어났는데 그게 사라지면서 갑자기 성찬이 얼굴이 떠올랐다. 성찬이 얼굴이 떠오르자 소리담 공원이 생각났고, 강호와 같이 있던 의문의 아이가 머리를 치고 지나갔다. 그 목소리! 성찬이의 목소리였다. 매일 듣는 성찬이의 목소리였지만 성찬이와 소리담 공원을 연결하지 않았기 때문에 생각이 나지 않았던 것이다. 그리고 강호와 성찬이가 거기에 같이 있을 거라고는 상상도 하지 않았으니까.

혼란스러웠다.

성찬이는 강호를 미행하자고 했다. 발소리를 들었으니 그 소리의 주인공을 찾아 강호 방송에 조작이 있었다는 것을 밝혀내고 거짓이 판치는 유튜브 세상의 정의를 구현하자고 했다. 그 말이 진심이었든 아니든 그런 말을 했다는 것은 성찬이는 강호 방송과 연관이 없다는 말이었다. 그런 줄 알았고 그건 아주 당연하다고 생각했다.

'처음부터 강호와 성찬이가 같이 방송을 한 건가?'

그럼 그 발소리의 주인공이 성찬이라는 말인가?

3부 방송에서 강호가 화장실에 들어갔을 때 갑자기 화장실 입구 문이 닫혔다. 오늘 강호와 성찬이의 대화를 떠올려 보면 그 문은 성찬이가 닫은 거였다. 그렇다면 성찬이는 강호가 소리담 공원 화장실 괴담 방송을 시작할 때부터 같이 소리담 공원에 간 거고 발소리의 주인공은 성찬이다. 둘의 대화를 보면 분명 그런데 이해가 잘 되지 않았다. 성찬이가 발소리의 주인공이라면 왜 나와 함께 강호를 미행하자고 했을까.

머릿속은 점점 더 엉킨 실타래처럼 변해 갔다.

'내가 목소리를 착각한 건가? 성찬이가 아닌가?'

나는 급기야 내 귀를 의심했다. 내 귀를 의심하자 그제야 고개가 끄덕여졌다. 그래, 내가 잘못 생각한 거야. 그 아이는 성찬이가 아니야. 이 세상에는 비슷한 목소리를 가진 사람이 수없이 많을 것이다. 나는 이렇게 결론을 내렸다.

나는 강호 방송에 들어갔다. 댓글은 장난이 아니었다. 이런 식으로 구독자를 농락해도 되느냐, 방송이 엿가락도 아니고 언제까지 늘어뜨릴 거냐, 4부, 5부로 나누지 말고 한번에 확 보여 줘라. 이런 식으로 뜸 들이는 것 보다가는 성질 더러워지겠다, 스트레스 받아서 병 걸리겠다, 솔직히 말해라, 무서워서 못 들어가겠지? 3부 방송에서 오줌 쌌냐? 그 쏴아아 하는 물소리가 오줌 싸는 소리였구나…….

강호는 아무렇지도 않은 얼굴로 학교에 왔다. 사람을 속이고도 목을 빳빳하게 세우고 다니는 모습이 뻔뻔해 보이기도 했지만 댓글을 읽었을 텐데도 평온한 표정을 유지하는 모습이 놀라웠다.

사람은 변한다. 시간이 지나면서 변한다. 강호는 저렇게 뻔뻔한 아이가 아니었다. 마음은 앞서가는데 머리가 따라 주지 않는 어리숙한 면이 오히려 장점이며 매력이기도 했던 아이다.

성찬이도 평소와 다른 점은 없었다. 성찬이가 말을 할 때마다 나는 성찬이의 목소리에 귀를 기울였다. 어제 소리담 공원에서 들었던 목소리가 성찬이의 것이 아니었다고 나 스스로 결론을 내렸지만, 성찬이의 목소리를 들으면 들을수록 어제 그 목소리와 똑같았다. 다시 머릿속이 복잡해졌다.

나는 성찬이와 강호 사이에 뭔가 특별한 기류가 흐르는지 집중 관찰했다. 둘이 아무리 모른 척한다고 해도 그 정도의 사이라면 무의식중에 나타날 수 있는 뭔가가 있을 것이다. 하지만 이상한 점은 발견할 수 없었다.

'강호를 미행해 보자고 할까? 어떻게 나오는지.'

나는 정면돌파를 해 보기로 했다. 솔직히 성찬이도 강호도 괘씸했다.

"수업 끝나면 지난번 그 아이스크림 가게로 와."

내 말에 성찬이는 놀라는 눈치였다.

수업이 끝나자 성찬이보다 먼저 교실에서 나왔다. 아이스크림 가게에 들어가 소리담 화장실 괴담 방송 1부부터 3부까지 다시 보고 있는데 성찬이가 왔다. 성찬이는 아이스크림부터 사 들고 자리로 왔다.

"나도 할 말이 있었는데 잘됐어."

성찬이가 자리에 앉으며 말했다.

"무슨 할 말?"

"일단 아이스크림부터 먹자."

성찬이는 숟가락을 내밀었다.

"무슨 할 말이냐고?"

궁금증이 밀려왔다.

"그러는 너는 왜 나를 보자고 했는데?"

"일단 너부터 대답해 봐."

성찬이는 나를 잠시 바라보다 아이스크림을 퍼서 입에 넣고 우물거렸다. 그러고 난 다음 무슨 생각을 하는 듯 눈을 두어 번 끔벅거렸다.

"오라, 너 어제저녁에 뭐 했어?"

"뭐?"

어제라는 말을 듣는 순간 찬물을 뒤집어쓴 듯 정신이 번쩍 들었다.

"어제저녁에 뭐 했느냐고?"

"뭐 하긴 뭐 해? 집에 있었지. 집에서 뭐 했는지는 묻지 마. 뭘 했는지 생각 안 나니까."

"어제저녁 내내 집에 있었어?"

"그래."

"거짓말."

"뭐?"

퍽! 무거운 뭔가로 뒤통수를 얻어맞은 것 같았다.

"나는 어제저녁, 아니 밤이지. 오라 너 본 거 같아. 아니, 본 거 같은 게 아니라 봤어."

성찬이가 얼굴을 가까이 들이밀며 말했다.

"어…… 어…… 어디서…… 아, 맞아. 잠깐 나가긴 했지. 가라가 안 들어와서 찾으러 나갔지. 그런데 왜? 나를 본 게 뭐 그리 대단한 거라고? 죽은 사람을 본 것도 아닌데."

어제 그 아이가 성찬이가 맞는 건가? 그럼 성찬이가 소리담 공원에서 나를 본 건가? 에이, 설마 그럴 리가. 나는 성찬이와 강호가 절대 볼 수 없는 위치에 있었다.

"나는 성찬이 너 본 적 없어."

나는 잘라 말했다. 성찬이는 나를 뚫어져라 바라보았다.

"세상에 닮은 사람이 어디 한둘이겠어?"

나는 일부러 시큰둥하니 말했다.

"닮은 사람? 아, 맞다! 너 가라랑 쌍둥이지?"

성찬이는 뭔가 대단한 것을 깨달은 아이처럼 말했다.

"혹시 가라도 강호 방송 보냐?"

"가라는 유튜브 잘 안 봐. 하지만 강호 방송은 보는 것 같기도 해. 워낙 우리 학교 아이들 사이에서 유명한 방송이라서 말이야."

성찬이는 가만히 고개를 끄덕였다.

"아 참, 너는 왜 나를 보자고 했어?"

성찬이가 생각났다는 듯 물었다.

"강호를 미행하고 싶다는 말 아직도 유효해? 강호를 미행해 보고 싶다는 생각이 들었거든."

"갑자기?"

성찬이는 흠칫 놀라는 표정이었다.

"싫다더니 왜 갑자기 마음이 바뀐 거야?"

성찬이의 표정이 흔들렸다.

"어제 갑자기 방송을 미뤘잖아. 좀 이상한 기분이 들어서 말이야. 같이 미행하자는 말, 유효한 거지?"

흔들리던 성찬이의 표정이 점점 어두워지며 굳어 갔다.

"유효하긴 한데, 오라 네가 갑자기 이러니까 당황스럽다. 네 속마음이 궁금하기도 하고. 지금은 내가 과외 가야 해서 좀 바쁘거든. 나중에 다시 얘기하자."

'분명 성찬이었네.'

나는 당황하는 성찬이를 보며 어제 소리담 공원에 강호와 같이 있었던 목소리의 주인공이 성찬이라는 확신이 들었다.

"가라는 어디에 있는 학원 다녀?"

아이스크림 가게에서 나가며 성찬이가 물었다.

"혹시 시내 쪽에 있는 학원 다니니?"

성찬이는 내가 대답하기 전에 또 물었다.

"아니. 가라는 학원 다 그만뒀어. 한동안은 학원 쉴 거라고. 그런데 왜?"

"내일 보자."

성찬이는 서둘러 가 버렸다.

나는 도로 아이스크림 가게로 들어가 아이스크림을 사서 포장해 나왔다.

"웬일?"

가라는 아이스크림을 보자마자 주방에서 밥숟가락을 들고 나왔다. 가라는 아이스크림 한 통을 단 몇 번의 숟가락질로 끝냈다. 나는 가라의 입가에 묻은 크림색 바닐라 아이스크림을 보면서 엄마를 떠올렸다. 엄마도 가라처럼 바닐라 아이스크림을 좋아했다. 엄마도 어디선가 바닐라 아이스크림을 먹을 때면 가라를 떠올릴까. 가라가 나처럼 바닐라 아이스크림을 좋아하는데, 이러면서. 그러면 좋겠다. 자꾸 생각하다 보면 그리워진다. 그리워지면 보고 싶어지고 보고 싶으면 찾고 싶다. 엄마가 아무 일도 없었다는 듯 현관문을 열고 들어왔으면 좋겠다. '오라야, 가라야, 엄마 왔다' 이러면서.

"맛있게 먹긴 했지만 오라, 너 돈이 어디 있어서 이 비싼 아이스크림을 사 왔냐?"

가라가 물었다.

"동생한테 아이스크림 사 줄 돈도 없으면 죽어야지."

"아, 맞다. 내가 네 동생이지."

가라가 품! 웃었다.

"아 참, 그런데 있잖아."

가라가 들고 있던 숟가락을 내려놓으며 목소리를 낮췄다.

"앞집 말이야."

"205호?"

"응. 좀 전에 난리 났었어. 에이, 조금만 일찍 왔으면 구경할 수 있었는데. 앞집 할머니 울고불고하는 소리에 아파트가 폭발하는 줄 알았다니까."

"왜? 왜 울어?"

갑자기 휴대전화가 떠올랐다. 그거 완전히 맛 갔나? 에이, 아무리 그래도 그렇지, 할머니 나이가 몇인데 휴대전화 고장 났다고 울겠어?

"그야 나도 모르지. 우는 소리에 놀라서 현관문을 열어 봤는데 누군가 205호 현관문을 부서져라 닫고 계단을 뛰어 내려가더라. 노란 파마머리를 흩날리면서 말이야. 할머니는 집 안에서 통곡하고 있고."

나는 가라의 말을 듣다 말고 자리를 박차고 일어났다.

"왜?"

가라가 내 손목을 잡았다.

"무슨 일인지 가 봐야지."

"미치겠네. 네가 거길 왜 가 봐? 야, 백오라. 내가 딱 볼 때 집안일이야. 205호의 집안일이란 말이야. 너는 우리 집에 무슨 일이 있을 때 이웃집에서 관심을 보이거나 참견을 하면 좋겠니? 예전에 엄마가 소주 진탕 마셔서 119 불렀을 때 말이야."

가라는 소주를 마셨다는 말에 힘을 주었다. 나는 가라가 왜 그러는지 안다. 그냥 소주를 마신 거라고, 인사불성이 되도록 소주를 마신 거라고, 오직 소주만 마신 거라고. 나와 가라는 스스로에게 최면을 걸고 있다.

"그때 305호 아줌마가 아주 심하게 관심을 가졌잖아? 너랑 나랑은 그 아줌마를 재수 없게 생각했고. 생각나지? 아무리 앞집이지만 집안일에 지나치게 관심을 갖는 건 실례야, 실례. 205호 할머니가 싫어할 수도 있단 말이야. 집안일은 남에게 비밀로 하고 싶은 게 많은 법이거든."

듣고 보니 가라의 말이 맞았다. 내가 205호 할머니와 몇 번 만났고, 휴대전화 때문에 이리저리 얽히긴 했지만 집안일까지 참견할 사이는 아니다. 205호 할머니도 우리 집안일에 대해서는 단 한 마디도 하지 않았다. 생각해 보니 205호 할머니도 엄마가 119에 실려 갔던 사실을 알고 있을 수도 있다. 한참 엄마 아빠가 치고받고 싸울 때 그 소리도 들었을 수 있다. 그런데도 205호 할머니는 단 한 번도 우리 집안일에 대해 말을 꺼내지도, 궁금해하지도 않았다.

"모른 체해."

가라가 다시 말했다. 나는 모른 척하기로 했다. 하지만 자꾸 신경이 쓰였다.

저녁을 먹고 나서 밖으로 나왔다. 화단 턱에 앉아 밤하늘을 바라보았다. 눈은 하늘을 바라보고 있었지만 온 신경은 205호 할머니에게 가 있었다. 무슨 일일까? 오늘 여기에 나올까?

인적이 끊기고 밤이 깊어 가도 205호 할머니는 나오지 않았다. 포기하고 일어서려는데 205호 할머니가 나타났다.

"오늘은 미세먼지 하나 없이 맑구나."

205호 할머니는 혼잣말처럼 중얼거리며 화단 턱에 앉았다. 나도 205호 할머니도 아무 말 없이 하늘만 바라보았다. 우리는 한참 동안 그렇게 있었다.

"할머니, 오늘 무슨 일 있었어요?"

한참 망설이다 물었다.

"내가 우는 소리를 들은 거냐?"

205호 할머니의 목소리는 의외로 밝았다.

"그 정도로 통곡하는데 못 들으면 더 이상한 거 아닌가요? 모른 체하려다가 그러면 할머니가 서운하게 생각할까 봐서 묻는 거예요. 별로 궁금하지는 않지만요."

나는 직접 들은 것처럼 말했다.

"일이 좀 있었지."

"무슨 일인지 물어봐도 돼요?"

205호 할머니는 아무 대답도 하지 않았다.

"혹시 휴대전화 완전히 맛 갔나요?"

나는 조심스럽게 205호 할머니의 표정을 살폈다.

"내가 휴대전화 때문에 울었다고 생각하는 거냐?"

"아닌가요? 아니면 다행이고요."

진심이었다.

"206호야, 나는 말이다, 칠십이 다 되도록 살면서 돈에 대한 욕심은 부리지 않고 살았다. 사람이 세상을 살면서 억지로 되지 않는 게 있는데 돈도 그중 하나거든."

"저번에 말씀하셨어요. 돈에도 눈이 있다는 말."

"그래. 그런데 말이다, 오늘은 참 마음이 요상하구나. 돈이 있으면 좋겠다는 생각이 든다. 그냥 좀 있는 게 아니라 아주 많이 있었으면 좋겠어. 아주 많이 말이다. 여태 뭐 하느라 이 나이 되도록 벌어 놓은 돈이 없는지 나 스스로 생각해도 한심하고 말이다."

멀리 하늘 끝으로 유성이 졌다. 사라져 가는 별 때문인지 205호 할머니의 목소리가 쓸쓸하게 들렸다. 슬프게 들렸다.

강호의 비밀에 연루된 것 같은 성찬이

"진짜 웃긴 애네."

현관문을 열자마자 가라가 인상을 쓰며 내 앞으로 휴대전화를 내밀었다.

> 강호 유튜브 보니?

성찬이가 가라에게 문자를 보냈다.

"얘가 내 전화번호를 어떻게 알았지? 오라, 네가 가르쳐 줬니? 내 전화번호를 알려 달래? 왜? 나는 성찬이 같은 스타일 딱 질색이야. 일단 차별화된 고품격 방송을 한다고 떠벌리는 것부터 재수 없어. 내 눈에는 전혀 그렇게 보이지 않거든. 그리고 더 재수 없는 건 머리부터 발끝까지 잘난 척이 줄줄 흐른다는 거야. 따지고 보면 별로 잘난 구석도 없으면서. 솔직히 운이 좋아 영상 하나가 잘된 거밖에 더 있어?"

말하는 걸 보니 성찬이의 방송을 본 적이 있는 것 같았다.

"아니, 내 말은 내가 성찬이 유튜브를 일부러 보았다는 게 아니야."

가라가 나를 힐끗 바라보았다. 누가 뭐라고 했다고.

"내가 다른 유튜브도 안 보는데 왜 재수 없는 애 유튜브를 찾아보겠니? 애들이 하도 떠들어 대서 뭔가 하고 한번 본 거지. 아무튼 내가 강호 방송을 보든 말든 뭔 상관이라고 다짜고짜 문자를 보내고 난리야, 그것도 한밤중에. 에이, 잠들려는 순간 문자가 와서 잠에서 확 깼네. 오라 네가 전화번호 알려 준 거지? 왜? 나한테 관심 있대? 아이고야, 혹시라도 그러면 관심 끊으라고 해라."

나는 가라의 말을 들으며 성찬이가 왜 가라에게 문자를 보냈을까 곰곰이 생각했다. 왜 강호 방송을 보느냐고 물어봤을까.

"백오라."

"응?"

"왜 대답 안 해? 성찬이한테 분명히 말하라고. 나한테서 관심 끊으라고."

"네가 직접 문자 보내면 되잖아. 관심 끊으라고 당장 문자 보내. 그리고 분명히 말하는데 나는 성찬이한테 네 전화번호를 알려 주지 않았어."

"아, 그러면 되겠네. 잠 깨는 바람에 열 받아서 잠시 머리가 안 돌아갔네. 성찬이 너 죽었어."

가라는 문자를 보내는 대신 성찬이에게 전화를 했다. 그러고는 다짜고짜 소리부터 질러 댔다. 잠들었는데 깨우면 어쩌냐고, 밤을 꼴딱 새우면 책임질 거냐고, 너랑 나랑 언제부터 문자를 주고받는 사이였다고 한밤중에 문자질이냐고, 숨도 쉬지 않고 소리쳤다. 한참 일방적으로 소리를 질러 대던 가라가 잠잠해졌다.

"뭐?"

가라가 이맛살을 있는 대로 찌푸렸다.

"내가 거길 왜 가냐? 그것도 밤에. 나는 괴담 같은 거 안 믿지만 소문이 이상한 곳에 갈 필요는 없잖아."

나는 가라 앞으로 바짝 다가앉아 휴대전화에 귀를 들이밀었다. 소리담 공원 이야기를 하는 게 분명했다. 휴대전화 너머로 성찬이의 목소리가 들렸지만 무슨 말을 하는지 알 수 없었다. 그때 가라가 나를 힐끗 보더니 스피커폰을 눌렀다.

"진짜야. 너랑 비슷한 아이를 봤거든. 그래서 물어보는 거야. 너도 강호 방송에 관심이 있나 해서. 솔직히 그 시간에 소리담 공원에 왜 왔겠니? 방송을 하는 날이니까 왔겠지. 그건 곧 강호 방송에 관심 있다는 말이고."

"나는 안 갔다고. 나는 강호 방송에도 관심 없어. 돈 벌겠

다고 헛바람만 잔뜩 들어 있는 아이, 별로 잘난 것도 없으면
서 잘난 척하는 아이, 나는 이런 아이들 딱 질색이거든. 네가
솔직히라는 말을 쓰니까 나도 솔직히라는 말 좀 쓸게. 나는
솔직히 개인 방송 하는 아이들 다 재수 없어."

가라는 전화를 끊어 버렸다.

"성찬이가 봤다는 아이가 오라 너네, 그치?"

가라가 물었다.

"나 찾으러 가던 길에 소리담 공원에 갔다고 했잖아. 그런
데 진짜 이상하네. 성찬이 말이야. 너부터 의심해야지 왜 나
를 의심하고 난리야?"

가라는 이불 속을 파고들었다.

나는 거실로 나와 성찬이에게 전화를 했다.

"강호 미행 언제할까?"

나는 다짜고짜 물었다. 전화기 저편이 잠잠했다. 보이지는
않았지만 어쩐지 성찬이가 우물쭈물하고 있는 모습이 보이
는 것 같았다.

"하기 싫어졌나 보네. 좋아. 강호 미행하는 건 그만두자. 그
거 때문에 전화한 건 아니야."

진심이었다. 강호 방송에 뭔가 비밀이 있고 그 비밀에 성찬
이가 연루되어 있다는 게 확실해진 지금 성찬이가 어떻게 해
서 강호 방송에 그런 식으로 끼어들게 되었는지 파헤치고 싶

은 마음은 간절했다. 하지만 지금은 성찬이와 다른 걸 의논하고 싶었다.

"그럼 왜?"

성찬이가 천천히 물었다.

"그 대박 난다는 방송 말이야, 그거 뭐야? 뭔지 들어보고 할 만하면 하려고."

성찬이는 대답이 없었다. 언제는 소질을 버리는 게 아깝다며 같이 하자고 매달리더니.

"백오라. 너 갑자기 왜 이래? 내가 강호를 미행하자고 할 때는 싫다고 하더니 갑자기 그러자고 하질 않나, 안 한다던 방송을 하겠다고 그러질 않나. 갑자기 왜 그러느냐고? 속셈이 뭐냐고?"

"사람 마음이 바뀔 수도 있는 거 아니야? 속셈 같은 거 없어."

"생각해 볼게."

성찬이는 전화를 끊었다. 나는 휴대전화를 들고 한참을 서 있었다. 성찬이가 왜 갑자기 나를 피하는 느낌이 들지?

"성찬이, 생각할수록 이상하네. 너한테 먼저 물어보면 될 건데 왜 나한테 물어보고 난리람. 네가 소리담 공원에 있었다고 말해 줘야겠다."

가라가 휴대전화를 집어 들었다.

"하지 마."

나는 가라 손을 잡았다.

"왜?"

"내가 좀 전에 말했어."

"그래?"

가라는 휴대전화를 도로 머리맡에 던졌다. 가라의 말이 맞는 것 같았다. 성찬이는 나를 보았다. 그런데 내가 먼저 말을 하지 않으니까 내가 아닌 것 같다는 생각을 한 거다. 강호와 같이 있는 걸 내가 본 것도 당황스럽고 말이다. 왜 성찬이가 강호를 미행하자고 했는지 그 의문은 여전히 풀리지 않았지만 성찬이가 가라에게 문자를 보낸 이유는 알 것 같았다.

'그나저나 무슨 방송이지? 어떤 콘텐츠인지 되게 궁금하네.'

강호 문제를 떠나 성찬이가 하자는 방송이 어떤 건지 궁금해서 잠이 오지 않았다. 어쩌면 노인들 이야기를 접목시켜도 괜찮을 콘텐츠일지 모른다. 요즘은 어울리지 않는 듯 어울리는 게 최고의 유행인 시대다. 중학생 유튜버와 노인 유튜버의 조합! 전혀 어울리지 않을 것 같지만 의외로 대박 칠 수 있다. 나는 성찬이에게 205호 할머니를 소개시켜 주고 싶었다. 성찬이가 생각하고 있는 방송이 진짜 대박을 칠지 아닐지 확실히 알 수는 없다. 하지만 성찬이는 그 부분에 있어서 아주 감이 없는 아이는 아니다. 성찬이가 어떤 방송을 하고 싶어 하는지 들어보고 205호 할머니를 슬쩍 얹어 성공할 수 있는 아이디어를 연구해 보면 된다. 성찬이가 밉지만 그래서 다시는 성찬이와 방송 얘기를 하고 싶진 않지만, 205호 할머니를 위해서라면 눈 한번 질끈 감을 수 있을 것 같았다.

'나도 변하는 건가?'

문득 그런 생각이 들었다.

'아니야. 나는 단지 205호 할머니가 돈을 벌 수 있었으면 좋겠어.'

진심이다. 오늘 밤 왜 그렇게도 절절한 목소리로 돈이 있었으면 좋겠다는 말을 했는지 이유는 모르지만 그 말을 들을 때 슬펐다. 슬퍼서 마음이 아팠다. 제발, 제발 205호 할머니가 돈을 왕창 벌었으면 좋겠다.

솔직히 말해서 205호 할머니가 개인 방송을 할 수 있는 능력이 있는지 없는지도 모른다. 하지만 휴대전화를 신형으로 산 걸 보면 진짜 시작을 하려고 마음먹은 건 확실하다. 205호 할머니가 할 줄 모르면 내가 도와주면 되는 거다. 누구나 엄마 배 속에서 나올 때부터 방송을 한 건 아니다.

강호 방송 4부는 계속 미뤄졌다. 방송을 같이 하고 싶다는 내 말에 대한 성찬이의 답도 계속 미뤄졌다. 그리고 205호 할머니도 잘 보이지 않았다. 가끔 얼굴을 마주칠 때가 있었는데 그때마다 206호! 하며 손을 번쩍 들고 인사를 했지만 표정은 어두워 보였다. 지난번에 울고불고했던 그 일이 완전히 해결되지 않은 듯했다. 물론 돈에 관한 문제겠지.

나는 기다리다 못해 성찬이에게 먼저 전화를 했다.

"어떻게 할 건데?"

"뭘?"

성찬이의 대답은 어이가 없었다. 하도 어이가 없어서 강호를 미행하자는 말이나 방송을 같이 하자는 말이 쏙 들어갔다. 아등바등 매달리는 모습을 보이고 싶지는 않았다.

"모르면 그건 됐고 너, 나 봤지?"

나는 단도직입적으로 물었다.

"뭐?"

당황해하는 성찬이의 얼굴이 눈앞에 훤히 떠올랐다.

"네가 소리담 공원에서 본 아이는 가라가 아니고 나야. 내가 그날 소리담 공원에 있었거든."

"그래?"

애써 침착하려고 하는 듯한 저 말투.

"너는 내가 아니길 바랐을 거야. 내가 그다음 날 아무 말도 안 하니까 가라인가? 하는 생각도 들었을 테고, 또 확인도 해 보고 싶었을 거야. 그런데 네가 본 아이는 바로 나야.

너, 왜 강호랑 같이 있었어?"

잠시 적막이 흘렀다.

"그건 오라 너도 알 텐데?"

"내가 어떻게 알아?"

"왜 몰라? 나는 강호를 미행하고 싶어 했고 그날 강호를 미행하다 들켰던 거야. 나는 오라 네 속셈이 진짜 궁금해. 너도 강호를 미행하려고 했던 거니? 그럼 나랑 같이 미행하지, 왜 혼자 그런 건데?"

성찬이가 도리어 따지듯 물었다.

성찬이는 거짓말을 하고 있었다. 그날 성찬이와 강호의 대화 내용으로 봐서 미행하다 들킨 건 아니었다.

"그래서 미행하다 뭔가 발견한 건 있어? 들키기 전에 뭔가 발견한 게 있느냐고?"

나는 모른 척 물었다.

"미행도 하기 전에 들켜서 잘 모르겠어."

성찬이는 무덤덤하게 말했다. 일부러 태연한 척하는 게 목소리에서 확실히 느껴졌다.

새로운 방송 시작

강호를 미행하자.

성찬이에게서 문자가 온 것은 이틀 후였다.

아이스크림 가게에서 성찬이와 마주 앉았다.

"오라, 너 날 의심했지? 혹시 처음부터 강호 방송과 연관이 있는 건 아닌가? 그 발소리가 나일 거라는 생각도 했고."

성찬이는 정확하게 내 마음을 짚어 냈다.

"충분히 의심할 수 있는 상황이었어. 네가 그날 나와 강호의 대화를 들었다면 그런 의심을 할 만해. 하지만 분명하게 말하는데 그건 아니야. 나는 그날 일찍 소리담 공원에 갔었는데 갑자기 강호와 마주치고 말았어. 강호가 그렇게 일찍 올 줄 몰랐던 나도 당황했다고. 나는 강호에게 왜 방송을 자꾸 미루냐고 따졌고, 하도 뜸을 들여서 궁금해서 찾아왔다고 말했어. 그러자 강호는 무서워서 그런다고 성질까지 부리며 대답했어. 화장실 문이 바람에 닫혔는데 그때 굉장히 놀랐었나 봐. 나는 강호에게 괴담 방송에서는 그런 뜻하지 않은 상황들이 훨씬 더 좋은 효과를 볼 수 있다고 말해 줬어."

성찬이의 말을 듣다 보니 그날 밤 성찬이와 강호가 주고받던 대화가 모습을 잡아 갔다. 그럴 수도 있었겠구나, 하는 생각도 들었다.

"그런데 너와 비슷한 아이를 보고 걱정이 되더라고. 만약 너였다면, 네가 나와 강호의 대화를 들었다면 나를 오해할 수도 있겠구나 생각했어. 백오라."

성찬이가 얼굴을 가까이 들이밀었다.

"강호는 있지, 내가 미행하다 자기한테 들켰으니까 이제 다시는 미행하지 않을 거라고 믿고 있을 거야. 그치?"

성찬이의 얼굴이 진지했다.

내가 강호를 미행하고 싶었던 첫째 이유는 성찬이를 의심해서였다. 강호 방송에 미심쩍은 부분도 있었지만 그건 둘째 문제였다. 그런데 성찬이의 얼굴을 보니 거짓말을 하는 것 같지는 않았다. 성찬이에 대한 의심이 풀린 마당에 굳이 강호를 꼭 미행하고 싶지는 않았다. 하지만 강호를 미행하는 문제를 떠나 성찬이가 하겠다는 방송이 어떤 건지 궁금했다. 일단 성찬이의 말을 들어야 할 것 같았다.

"미행하자."

"좋아."

성찬이가 꽤 흡족한 표정으로 아이스크림을 퍼먹었다.

"4부 방송부터 해야겠지? 혹시 4부 방송은 언제 하는지 알아?"

"아마 다음 주에는 하지 않을까? 구독자들의 불만이 하늘을 찌르고 있거든. 빨리 안 하고는 못 견딜 거야. 자꾸 그런 식으로 하면 구독자가 열 받을 테니까."

"저번에는 왜 방송을 취소했다니? 비가 내리는 것도 아니고 이해할 만한 이유가 하나도 없었는데."

"그건 나도 모르지."

"만약 말이야, 강호 방송이 진짜 조작이라는 걸 알게 되면 어떻게 하려고?"

나는 아이스크림을 한입 퍼 넣고 성찬이를 바라보았다.

"어떻게 하면 좋겠니?"

성찬이가 물었다.

"그야……."

나는 숟가락을 입에 문 채 성찬이를 물끄러미 바라보았다. 사실대로 다 까발려? 그 생각을 하는 순간 강호의 얼굴이 떠올랐다. 누군가에게 업혀 나를 바라보던 그 모습이었다. 나는 고개를 저었다. 설사 조작이라고 하더라도 단박에 까발리지는 말아야겠다. 그건 강호를 낭떠러지에서 밀어 버리는 것과 마찬가지다. 그럼 어쩌지? 비밀로 해 줘? 하지만 어쩐지 그래서는 안 될 것 같았다. 그건 강호에게 절대 먹어서는 안 되는 달콤한 약을 먹이는 것과 같다. 한번 먹으면 중독되어 계속 먹고 싶어지는 그런 약 말이다. 약을 구하지 못하면 무슨 수를 써서라도 구하려고 눈이 벌게지는 그런 약, 영혼까지 팔아서 사고 싶은 그런 약.

"나는 잘 모르겠어."

나는 꽉 깨물고 있던 숟가락을 빼내며 고개를 저었다.

"그건 그때 가서 생각하자."

성찬이가 말했다.

나와 성찬이는 묵묵히 아이스크림을 먹었다. 그동안 성찬이의 휴대전화 진동음이 여러 번 울렸지만 성찬이는 받지 않았다.

"성찬아."

"백오라."

한참 후 나와 성찬이는 동시에 서로를 불렀다.

"너 먼저 얘기해."

"너 먼저 얘기해."

그러고는 또 똑같이 말했다.

"좋아. 나 먼저 얘기할게. 대박 난다는 그 방송 말이야, 그

거 어떤 거야?"

나는 성찬이의 얼굴 표정을 살피며 물었다.

"말 그대로 대박 나는 방송. 확실해."

성찬이의 얼굴에는 자신감이 넘쳤다.

"좋아. 나도 같이 할게. 꼭 하고 싶어졌어. 그런데 한 가지 물어볼 게 있어. 그 방송에 한 명 더 같이 해도 돼?"

"한 명 더? 누군데? 설마 내가 한 말을 다른 사람한테 한 거야?"

구겨진 성찬이의 얼굴이 급격히 어두워졌다.

"아니, 그건 아니야. 그냥 내가 같이 하고 싶은 사람이 있어서 그래. 성찬이 네가 긴장할 만한 사람은 아니야. 너랑은 감히 비교 불가야."

절대 성찬이와 라이벌 관계가 아니라는 걸 강조했다. 그래야 성찬이의 얼굴에 가득 찬 뻣뻣한 긴장감이 녹을 것 같았다. 예상대로 성찬이의 표정은 좀 누그러들었다.

"누군데?"

"우리 앞집 할머니."

"뭐?"

성찬이는 어이가 없는지 허공을 향해 허! 하고 바람 빠지는 소리를 냈다.

"노인이라고 얕잡아 봐서는 안 돼. 욕쟁이 할머니도 그렇고 댄스 할아버지도 그렇고 다 나이가 많아."

"너희 앞집 할머니가 욕쟁이 유튜버나 댄스 유튜버 정도의 실력이 된다는 거야? 어떤 걸로?"

"아직은 나도 잘 몰라. 하지만 확실한 것은 이제 막 유튜브를 시작하려는 햇병아리야. 햇병아리이긴 햇병아리인데 열정은 끝내줘. 딱 봐도 돈도 없게 생겼는데 유튜브 하려고 최신형 휴대전화까지 샀거든."

휴대전화를 떠올리자 마음 한쪽이 또 무거워졌다. 나는 휴대전화 사건을 성찬이에게 이야기했다. 아무래도 그 부분을 사실대로 말해야 할 것 같았다. 성찬이는 내 말을 다 듣고 나서도 한참을 말이 없었다.

"좀 생각해 볼게. 할머니가 우리 방송에서 할 만한 일이 있는지."

나는 성찬이가 '우리 방송'이라고 말하는 순간 묘한 연대감을 느꼈다. 그리고 성찬이가 기획하고 있는 방송에서 내 지분이 있는 듯한 야릇한 생각마저 들었다. '우리'라는 단어는 그랬다. 그리고 성찬이가 205호 할머니의 합류를 오케이 할 것 같은 예감도 들었다. 나는 기분 좋게 아이스크림통 바닥이 보일 때까지 아이스크림을 박박 긁어 먹었다.

"그럼 강호 미행하는 건 강호가 방송 예고를 하면 그때 다시 얘기하기로 하자."

성찬이의 말에 나는 고개를 끄덕였다.

"너 아이스크림 되게 잘 먹는다. 좋아하나 봐. 집에 가서 더 먹어라."

성찬이는 아이스크림을 포장 주문했다. 나는 바닐라 맛으로 달라고 말했다.

"백오라."

아이스크림 가게 앞에서 헤어지려는데 성찬이가 생각났다는 듯 내 얼굴을 빤히 쳐다보았다.

"강호 미행할 때 말이야, 누군가 강호와 같이 있는 모습이 포착되거나 작은 부분이라도 조작이라는 게 밝혀지면 그 순간에 현장을 덮치는 건 좀 가혹하지? 아무래도 그렇지?"

그건 좀 그렇다. 그러면 그 장면이 방송에 다 나오고 강호는 얼굴을 들고 살아갈 수 없게 된다. 그건 강호를 죽이는 일이나 마찬가지다. 그렇게까지 하고 싶지는 않다.

"맞아. 그건 너무한 거야. 그러면 이러는 건 어떨까?"

성찬이가 잠시 후 말했다.

"미행을 하면서 오라 네가 촬영을 하는 거야."

"촬영?"

"너무 깊게 생각하지 마. 그냥 증거를 남기는 거지. 나중에 강호가 아니라고 발뺌할 때를 생각해서. 우리끼리의 증거, 어때?"

나는 '우리끼리'라는 말에 고개를 끄덕였다.

집으로 돌아오는 길에 205호 초인종을 눌렀다. 205호 할머니는 부스스한 모습으로 현관문을 열었다. 머리야 평소에도 부스스한 편이었지만 얼굴은 다른 날과 많이 달랐다.

"어디 아프세요?"

나는 진심으로 걱정이 되었다.

"원래 나이가 들면 매일 아픈 법이야."

205호 할머니는 별것 아니라는 듯 시큰둥하게 대답하며 이마를 쓱 훔쳤다. 그런데 하필이면 지난번 그 티셔츠를 입고 있어서 겨드랑이 부분의 구멍이 또 보였다. 꿰매 입든가 꿰매기 싫으면 버리든가 하지, 저걸 왜 그대로 입고 있담. 공연히 짜증이 밀려왔다. 나 보라고 구멍 난 옷을 일부러 입은 건 아니겠지만 어쩐지 그렇게 느껴지기도 했다.

"약 사다 드려요?"

"나이가 들어서 아픈 건 약도 없는 법이야."

205호 할머니의 시선이 아이스크림통에서 멈췄다.

"그럼 이거 드실래요?"

나는 어쩔 수 없이 아이스크림통을 들어 보였다.

"그게 뭔데?"

"아이스크림이요."

"됐다. 이 시려서 찬 건 못 먹어. 그런데 우리 집 초인종을 누른 용건은?"

"아! 다른 게 아니고요, 제가 유튜브를 곧 시작할 건데요. 친구랑 같이 할 거예요. 그쪽으로는 천부적인 소질을 타고난 친구인데 지금도 제법 잘나가는 유튜버거든요. 그 아이가 새로운 방송을 시작하는데 저보고 같이 하자고 그랬어요. 그래서 제가 할머니도 끼워 달라고 했어요."

"나를?"

205호 할머니의 두 눈이 휘둥그레졌다. 그러더니 두 손을 마구 휘저으며 정색을 하고는 "나는 못한다."라고 잘라 말했다.

"진짜 하기 싫으세요? 그 친구가 대박 날 방송이라고 큰소리치는 걸 봐서는 시시한 건 아닐 거고, 그러면 돈도 엄청 벌 수 있는데 진짜 싫어요?"

나는 그래도 205호 할머니를 생각해서 성찬이에게 부탁했는데 정색을 하고 싫다고 하니 기분이 살짝 상했다.

"싫으면 할 수 없죠, 뭐."

나는 집으로 들어와 버렸다.

가라는 아직 돌아오지 않았다. 나는 아이스크림을 냉동실에 넣고 소파에 앉아 강호 방송을 다시 보았다.

- 딩동딩동

"206호."

초인종 소리와 함께 현관문을 두드리며 부르는 소리가 났다. 205호 할머니였다.

"진짜 돈을 많이 벌 수 있는 거냐? 아까 같이 하자고 했던 그거 말이다."

205호 할머니가 조심스럽게 물었다.

"나도 같이 하자. 뭐 별거 있겠어? 내가 뭘 모른다고 해도 도와준다는 말을 입에 달고 살았으니 네가 알아서 도와주겠지. 내가 이래 봬도 어렸을 때는 머리가 꽤 좋았어. 총명하다는 말도 종종 듣고 말이다. 하면 잘할 수도 있을 거 같다. 그리고 내가 유튜브를 구경 좀 해 봤는데 나보다 더 나이 든 늙은이들도 하더라고. 그 누구냐, 앞니 두 개 빠진 늙은이 있잖니?"

앞니 두 개 빠진 늙은이가 누군지 얼른 생각나지 않았다. 내가 아는 노인 유튜버들 중에 앞니 빠진 걸 그대로 방치하는 사람은 없었다. 누군지 모르지만 일단 고개를 끄덕였다.

"다 새어 나가는 발음으로 말도 안 되는 소리를 하는 늙은이도 있는데 내가 왜 못하겠어."

205호 할머니의 입가에 미소가 퍼졌다.

"언제부터 하면 되는 거냐?"

"좀 기다리세요. 제가 시작할 때가 되면 말씀드릴게요."

"그래, 알았다. 그럼 기다리마."

205호 할머니는 손을 흔들어 보이고는 돌아갔다.

네가 기획하는 방송에 노인이 할 일을 꼭 넣어 줘.
205호 할머니한테 말해 놨거든. 엄청 잘하실 것 같아.

나는 성찬이에게 문자를 보냈다.

증거 만들기

강호가 드디어 방송을 예고했다. 토요일 밤이었다.

토요일 아침에 성찬이한테서 전화가 왔다. 10시 20분까지 소리담 공원 근처로 나오라고 했다. 근처에서 만나 강호를 미행하기로 했다. 나는 휴대전화 배터리를 빵빵하게 충전했다. 그리고 입고 나갈 옷을 골랐다. 모자가 달린 검은 티셔츠와 검은 바지를 꺼내고 내친김에 검은 모자도 꺼냈다.

"나 오늘 진짜 자야 하거든. 어젯밤에도 자는 시간을 놓쳐서 한숨도 못 잤어. 너, 나 깨우면 죽는다."

가라는 8시도 안 돼 이불 속을 파고들며 말했다. 나는 미리 거실로 나와 베란다 밖을 내다보았다. 달빛도 별빛도 적당한 밤이었다. 너무 어둡지도 않았고 너무 환하지도 않았다. 미행을 하기에는 최적의 밤이다.

9시 40분.

> 지금 나간다.

나는 성찬이에게 문자를 보냈다.

> 응.

성찬이는 짧게 답문자를 보내왔다.

버스를 탔다. 소리담 공원 근처에 도착했을 때는 10시 5분이었다.

> 소리담 공원 근처 도착.

나는 성찬이에게 문자를 보냈다.

> 공원 입구 근처에 숨어 있어. 곧 갈게.

나는 어둠을 헤치며 소리담 공원 입구 쪽 횡단보도를 건넜다. 사람들의 발길이 끊긴 소리담 공원 횡단보도는 신호등의 존재가 무색했다.

지난번 숨었던 나무에 몸을 밀착시키고 쪼그리고 앉았다.

10시 15분이 되어도 성찬이는 나타나지 않았다. 나는 성찬이에게 어디냐고 문자를 보냈다. 하지만 성찬이는 대답하지 않았다. 전화를 해도 받지 않았다. 10시 20분 약속한 시간이 되어도 성찬이는 나타나지 않았다.

초조하게 휴대전화를 뚫어져라 쳐다보고 있을 때였다. 입구 쪽에서 인기척이 느껴졌다. 나는 휴대전화를 꼭 움켜쥐고 시간을 보았다. 10시 50분, 강호일 거다.

> 강호 왔다. 빨리 와.

나는 성찬이에게 다시 문자를 보냈다. 하지만 여전히 성찬이는 대답하지 않았다. 어떻게 해야 하나 고민하고 있을 때 드디어 성찬이로부터 문자가 왔다.

> 갑자기 일이 생겼어. 나는 오늘 못 가겠다.
> 미안하지만 네가 혼자 강호 미행 좀 해 줘. 진짜 미안해.
> 촬영하는 거 잊지 말고.

이제 와서 못 오겠다니. 황당하고 어이가 없었다. 나도 그렇게는 못 하겠다고 문자를 보내려는 찰나,

> 기획하고 있는 방송에 관한 일 때문이야.

성찬이로부터 문자가 왔다. 기획하고 있는 방송 일 때문이라는데 할 말이 없었다. 나는 조용히 자리를 털고 일어났다. 모자를 뒤집어쓰고 몸을 숙인 채 천천히 소리담 공원 입구로 걸어갔다. 강호가 화장실 쪽으로 걸어가는지 저만큼 앞에서 불빛이 보였다. 그리고 방송을 하는 목소리도 들렸다.

심호흡을 하고 휴대전화의 동영상 기능을 누른 다음 주위를 둘러보았다. 하지만 강호 뒤를 따라가는 그림자도 없었고 주변은 조용하기만 했다.

'혼자 온 건가?'

강호를 바짝 따라가 보려고 마음먹었다. 여전히 허리를 숙이고 화장실 쪽으로 걸어가고 있을 때였다. 저만큼 앞에서 뭔가가 일렁거렸다. 나는 숨을 죽였다. 사람이었다. 나와 강호 사이에 누군가 있었다.

강호는 열심히 방송을 하고 있었고, 그 사람은 강호 뒤를 따라가고 있었는데 자세히 보니 그 거리가 꽤 짧았다. 강호도 그 사람의 존재를 알고 있다는 증거다. 긴장감은 최고조에 이르렀다. 입안이 바짝 말라 마른침조차도 넘어가지 않았다.

휴대전화를 잡은 손에 땀이 촉촉이 배어났다.

조금 더 가까이 다가가 촬영을 시작했다. 화면 안으로 강호와 강호 뒤에 서 있는 사람의 모습이 고스란히 담겼다.

강호는 화장실 밖에서 한참이나 뜸을 들였다. 시간이 지날

수록 강호의 목소리도 커졌다. 무슨 일이 생기면 신고 좀 해 달라는 멘트도 빠뜨리지 않았다. 한참 동안 뜸을 들인 다음 강호가 화장실 문을 열었다. 그러자 의문의 그 사람은 화장실 앞으로 바짝 다가섰다. 강호가 그 사람을 돌아보았다. 강호와 그 사람은 무언의 뭔가를 눈빛으로 주고받는 듯했다.

'순 사기꾼. 저러고서 겁나는 척, 무서운 척은 혼자 다 하고.'

나는 들고 있는 휴대전화를 그대로 강호 뒤통수로 날리고 싶은 걸 간신히 참았다. 불쌍하다고, 용기를 잃지 말라고 일부러 구독해 준 구독자들을 농락하다니. 잔뜩 기대하게 만들어 놓고 제멋대로 방송을 취소하며 온갖 추측이 난무하게 만든 것도 결국은 방송을 재밌게 하려는 꼼수였다니. 이야, 강호 너 참 많이 컸다. 어리숙하던 강호가 언제 이렇게 변했냐. 변한다고, 그래서 강호도 변할 수 있다고 생각만 했던 것과 직접 눈으로 본 것은 많이 달랐다. 참을 수가 없었다. 분노와 놀라움이 번갈아 마음속에 교차하는 바로 그 순간 강호가 화장실 안으로 들어갔다.

- 쏴아아아아

물소리가 어둠을 가르며 허공으로 치솟았다.

'보나 마나 수도꼭지도 강호 자기가 돌렸을 거야. 그러고는

아닌 척 공포스러운 얼굴을 천역덕스럽게 보여 주겠지? 아카데미 남우주연상을 받은 배우도 울고 가겠다.'

문득 당장 강호 방송이 보고 싶어졌다. 얼마나 뻔뻔한 얼굴로 방송을 하고 있는지 말도 못하게 궁금했다.

그때였다.

"으윽."

신음 소리와 함께 휴대전화 불빛이 흔들렸다. 그러더니 강호의 한쪽 다리가 화장실 밖으로 나왔다. 그 순간 의문의 그 사람이 강호 다리를 걸어차 안으로 넣더니 화장실 문을 닫아 버렸다.

잠시 후 화장실 문이 벌컥 열리면서 강호가 뛰쳐나왔다.

"여…… 여…… 여러분, 보셨죠? 세면대 앞에 서 있는 사람이요. 흐릿하게 보이긴 했지만 분명 사람이었어요. 아니, 귀신이었어요. 오늘 방송은 여기까지예요."

강호의 목소리가 바들바들 떨리고 있었다. 강호는 입구를 향해 내달렸고 의문의 사람은 강호를 따라갔다. 입구에서 강호가 뛰는 걸 멈췄다.

"존나 무서워."

강호가 말했다.

"내가 밖에 서 있는데 뭐가 무서워?"

굵직한 목소리였다.

"세…… 세…… 세면대 앞에 진짜 누군가 서 있었어."

"크크크크크크."

의문의 사람이 웃었다.

"진짜라니까."

"화장실 문이 닫히니까 네가 제대로 겁이 났나 보네. 헛것을 다 보고. 가자. 이번 방송 완전 대박 치겠지? 5부 방송은 언제 할까?"

의문의 사람은 앞장서서 횡단보도를 건너갔다. 나는 동영상 촬영을 끝냈다.

나는 강호와 그 사람이 큰길 쪽으로 완전히 사라지고 난 다음 횡단보도를 건너 버스정류장으로 왔다.

'세면대 앞에 누가 서 있기는…… 완전 사기꾼. 그런데 강호랑 같이 있던 사람은 누구지? 목소리가 어른 같은데 강호의 말투를 보면 어른은 아닌 거 같고.'

내가 서 있는 쪽으로 계속 등을 보이고 있어서 얼굴을 확인할 수가 없었다. 밤이긴 해도 정면으로 보았다면 얼굴 정도는 희미하게 기억날 수도 있는데, 아쉬웠다.

나는 성찬이에게 전화를 했지만 받지 않았다.

버스에서 내려 집에 거의 도착할 무렵 성찬이에게서 전화가 왔다.

"미안, 진짜 미안해. 그런데 어떻게 되었어?"

"강호 사기 쳤어. 방송 안 본 거야?"

나는 성찬이의 말이 끝나기도 전에 말했다.

"촬영은?"

"당연히 했지."

"잘했어? 그거 나한테 보내 줄래?"

나는 집에 돌아오자마자 성찬이에게 촬영한 것을 보내 줬다.

나는 당장이라도 강호한테 '나는 너의 모든 비밀을 알고 있다' 이런 문자를 보내고 싶은 걸 간신히 참았다.

'하긴 뭐, 사람은 변하는 거지.'

사람은 누구나 변한다. 영원히 변할 것 같지 않은 사람도 어느 순간 변한다. 가끔 상상할 수 없을 만큼 변해서 사람을 당황스럽게 만들기도 하고 말이다. 나는 베란다로 나갔다. 밤하늘에 별들이 희미하게 떠 있었다. 저 별들도 하루는 환하게, 하루는 희미하게, 그리고 어떤 날은 전혀 보이지 않는다. 별들도 수시로 변하는데 감정이 있는 사람이 오죽할까.

엄마는 늘 다정했다. 내 기억 속의 엄마는 그랬다. 바쁘기는 했지만 아빠에게도, 나와 가라에게도 늘 다정했다. 나는 엄마가 영원히 나와 가라 그리고 아빠에게 다정할 거라고 믿었고, 언제나 우리 곁에 있을 거라는 것을 믿었다. 하지만 엄마는 떠났다. 누구나 변한다는 증거다.

강호도 유튜브 세상에 발을 디디고 보니 자신이 얼마나 어리숙한지 알게 되었고, 어리숙해서는 원하는 걸 얻을 수 없다는 걸 알게 된 걸 거다. 그래서 변하기로 마음먹었을 거다. 이해는 한다. 하지만 강호가 미워지려고 했다.

예상대로 소리담 화장실 괴담 4부 방송은 초히트를 쳤다. 강호의 인기는 하늘을 치솟았다. 반응으로 봐서 곧 대형 유튜버가 될 것 같았다.

나는 4부 방송을 보면서 세면대을 보려고 애썼다. 과연 강호의 말대로 세면대 앞에 누군가 서 있었는지 궁금했다.

강호가 칠흑같이 캄캄한 화장실 안에 들어서고 잠시 후 물소리가 들렸다.

- 무…… 물이 저절로 틀어졌어요.

강호가 떨리는 목소리로 말했다. 하지만 나는 강호의 말을 믿지 않았다. 화장실 안으로 들어서고 난 후 강호가 다음 멘트를 할 때까지 적어도 2~3초의 시간이 그냥 흘렀다. 물론 강호가 어둠에 익숙해지기 위해 잠시 숨을 고른 거라고 생각할 수도 있다. 하지만 세면대로 다가가 수도꼭지를 돌리기에도 충분한 시간이었다.

- 세면대 가까이 다가가도록 하겠습니다.

저절로 물이 틀어졌다면 저렇게 태연하게 방송을 할 수는 없다. 기절을 하거나 심장마비로 죽거나 둘 중 하나가 되어야 정상적인 사람이다.

강호가 멘트를 날리고 잠시 후 으읍! 신음 소리와 함께 강호는 입구를 향해 돌아섰다. 하지만 곧 입구 문이 닫혔다.

"누…… 누…… 누구세요?"

잠시 후 강호가 소리쳤다. 화면은 사정없이 흔들렸다.

"누구냐고?"

강호가 다시 소리치며 입구 문을 뻥 차고 밖으로 뛰쳐나갔다. 아무리 눈을 크게 뜨고 봐도 세면대 앞에 서 있는 사람은 보이지 않았다.

'그런데 세면대 물은?'

문득 그 생각이 났다. 강호와 의문의 사람은 화장실 안의 물을 잠그지 않고 갔다. 그럼 아직도 틀려 있는 건가? 만에 하나 강호 말대로 귀신의 짓이라면 수도꼭지는 잠겨 있겠지. 아직까지 틀려 있다면 강호 짓일 테고. 말도 못하게 궁금해졌다. 나는 수업이 끝나면 소리담 공원에 가 보기로 마음먹었다. 설마 환한 대낮에 무슨 일이 일어나지는 않겠지.

수업을 마치고 바로 소리담 공원으로 갔다. 하지만 마음과는 달랐다. 대낮이긴 했지만 소리담 공원에서는 으스스한 기운이 흘렀다. 함부로 발을 들였다가는 뭔가 저주라도 받을 것 같은 기분이 들었다. 나는 소리담 공원 입구만 한참 쏘아보다 돌아섰다. 하지만 세면대 물이 아직 틀려 있는지 어쩐지 여전히 궁금했다. 궁금하긴 궁금한데 혼자 화장실에 가 볼 자신은 없었다.

집으로 돌아가는 길에 아파트 입구 편의점에서 라면을 사 가지고 나오는 205호 할머니를 만났다. 훨씬 더 부스스해진 모습이었다.

"언제부터 하는 거냐?"

205호 할머니가 물었다.

"곧 할 거예요."

성찬이가 강호 미행에도 못 올 정도로 신경 써서 준비하고 있으니까 곧 할 게 분명했다.

"나는 마음의 준비를 이미 끝내고 대기하고 있으니 언제든 시작해도 된다."

205호 할머니의 눈빛이 비장해 보였다. 순간 머릿속이 번쩍했다.

"할머니, 그 라면 지금 드실 거예요?"

"당연히 지금 먹을 거니까 사 가는 거지. 입맛이 없어 점심을 안 먹었더니 배가 고파서 말이다."

"그럼 제가 끓여 드릴게요. 제가 라면 하나는 5성급 호텔 셰프 저리 가라로 끓이거든요."

"뭔 소리야?"

"라면 끓이는 실력이 최고라고요."

나는 205호 할머니가 들고 있는 라면을 빼앗아 들고 앞장 섰다. 라면이야 물이 팔팔 끓을 때 스프와 면을 함께 넣고 몇 분 끓이면 되는 거지 갠뿔, 무슨 실력이 필요하냐고 205호 할머니는 중얼거리며 따라왔다.

"할머니, 그건 몰라서 하시는 말씀이세요. 물의 양과 끓이 는 시간 그리고 끓일 때 젓가락으로 면을 흔드는 정성, 삼박 자가 척척 맞아야 최고의 맛을 내는 라면이 되는 거예요."

"참 나 원. 그렇게 어려워서야 어디 라면 먹겠니?"

나는 205호 할머니 집에 가서 온 정성을 다해 라면을 끓 였다.

"그게 그거구먼, 뭐가 다르다는 건지."

205호 할머니는 고개를 갸웃거리며 라면을 먹었다. 205호 할머니가 라면을 먹는 동안 집 안을 휘 둘러보았다. 낡고 오 래된 가구들, 오래된 텔레비전, 박물관에나 가야 볼 수 있을 것 같은 전화기, 아파트가 처음 지어질 때 했던 도배지인 듯 누렇게 변해 원래의 색깔을 잃은 벽지, 모든 것이 다 할머니와 닮아 있었다.

내 눈은 활짝 문이 열린 작은 방에 멈췄다. 책상과 침대가 있었다. 할머니 외에 누군가 이 집에 살고 있는 것 같았다.

"어딜 가자고?"

"소리담 공원에요."

나는 205호 할머니가 치우려는 빈 그릇을 빼앗아 씻으며 대답했다.

"거길 왜 가? 늙은이들만 바글바글한 곳에. 나는 그런 곳 가기 싫다."

205호 할머니는 늙은이라고 말하며 고개를 절레절레 저었다. 뭐야, 그럼 205호 할머니는 자신이 늙지 않았다고 생각하는 거야.

"지금 소리담 공원에는 할아버지, 할머니들 없어요. 잘 모르시는 모양인데요, 할아버지, 할머니뿐 아니라 누구도 그 공원에 가지 않아요. 거기에 귀신이 나온다는 소문이 있거든요. 아기 업은 귀신이 세면대에서 손을 씻고 있다는 소문이요."

"어이구야, 지금이 어떤 세상인데 귀신 타령이야?"

205호 할머니는 코웃음을 쳤다.

나는 205호 할머니에게 소리담 공원 화장실에 관해 떠도는 소문과 강호 방송에 대해 이야기를 했다. 그리고 강호를 미행했던 일과 어젯밤 틀어졌던 세면대 물이 궁금하다는 말도 했다.

"아이구야, 어젯밤부터 틀려 있으면 물값이 엄청 나오겠는걸."

"진짜 귀신 짓이라면 잠겨 있겠죠."

"귀신 같은 소리 하고 있네. 그런 거 없다. 그나저나 귀신 소문이 있으니 거기에 가는 사람도 없을 테고. 가자, 가서 물 잠그고 오자. 그 강호인지 누군지 그놈 나중에라도 보게 되면 아주 혼쭐을 내주어야겠다. 방송으로 사기 치는 것도 모자라서 물을 틀어 놓고 그냥 가?"

205호 할머니는 자리를 털고 일어났다.

소리담 공원 화장실 세면대의 수도꼭지는 잠겨 있었다. 바짝 마른 세면대 위로 이름 모를 벌레 한 마리가 빨빨거리며 기어가고 있었다. 205호 할머니는 두 가지 추측을 했다. 강호가 와서 잠갔을 거라는 추측과 아무리 흉흉한 소문이 나는 곳이라도 그 소문을 모르는 사람이 화장실을 사용하려고 왔다가 잠그고 갔을 거라는 추측이었다.

소리담 화장실 괴담 5부

성찬이가 첨부파일로 보내온 동영상은 아주 깔끔하게 편집되어 있었다. 적당히 가미된 공포와 긴장감은 그야말로 숨이 막힐 정도로 완벽했다.

"이걸 왜 이렇게 편집했어? 내가 찍은 게 아닌 것 같은 생각이 들 정도로 잘 편집했네. 어디 쓸 것도 아닌데 힘들게 뭐 하러 이랬니?"

나는 성찬이에게 전화를 해서 물었다.

"나는 영상을 보면 깔끔하게 만들고 싶어지거든. 불치병인가 봐."

성찬이는 별일 아니라는 듯 말했다.

"이제 강호가 누군가와 같이 그곳에 갔다는 건 밝혀졌어. 세면대 수도꼭지가 진짜 스스로 틀어졌는지 아니면 조작인지 그걸 알아내야겠지? 그런데 이상한 게 말이야, 분명 강호와 그 의문의 사람은 그냥 돌아갔거든. 그런데 물이 잠겨 있었어. 내가 가 봤거든. 어떻게 된 일이지? 진짜 귀신이 있는 건가? 조작일 수도 있지만 진짜 귀신이 있을 확률도 아주 배제할 수는 없는 거지? 강호가 무서워서 저 혼자 가지 않았다고 하더라도 그것과 귀신이 있고 없고는 상관없는 일이잖아?"

"그야…… 그렇지. 귀신이 있을 수도 있지. 좀 더 지켜보자. 아직 5부가 남았잖아. 아 참, 205호 할머니 있잖아, 5부 방송 미행할 때 그 할머니도 같이 가는 거 어때? 방송은 어떻게 하는 건지 강호 방송을 보면서 배울 수도 있고, 오라 네가 촬영한 영상이 나중에 어떻게 편집되는지 생생한 공부가 될 수도 있잖아."

"205호 할머니랑 같이 하기로 결심한 거구나."

"네 부탁인데 들어줘야지. 그 할머니에게 오디오를 넣어 보라고 하면 어떨까? 미행을 하는 거니까 큰 소리는 곤란하고 아주 작게 어머나! 어이구야! 이런 오디오. 그런 것도 공부가 될 텐데."

굳이 그런 것까지 할 필요는 없겠지만 성찬이가 205호 할머니와 같이 방송하기로 결정한 것이 고마워서 그렇게 하자고 선뜻 대답했다.

"미행을 하자고? 남을 미행하는 건 별로 하고 싶지 않지만 그런 것도 공부란 말이지? 그럼 해야지."

공부라는 말에 205호 할머니는 두말도 하지 않고 흔쾌히 대답했다.

나는 205호 할머니에게 미행할 때 입을 옷은 되도록 어두운 색깔이 좋다고 말했다. 205호 할머니는 검은 옷이 없다고 했다. 딱 한 벌 있던 검은 옷은 6년 전에 할아버지가 세상을 떠났을 때 사십구재를 지내고 나서 버렸다고 했다. 그 옷을 장롱 안에 넣어 두니까 밤에 자꾸만 장롱 안에서 할아버지가 "할멈, 할멈." 하고 부르는 것 같아 견딜 수가 없었다고 했다. 나는 205호 할머니에게 내 옷을 빌려 주기로 했다.

강호는 5부 방송을 심하게 뜸 들였다. 이런 식으로 뜸을 들이다가는 아주 발효가 되어 썩을 것 같았다. 그러나 강호 방송 구독자들은 전과 다르게 인내로 5부를 기다렸다. 5부에서는 강호가 세면대 앞에 서기로 했다. 그 정도로 난이도가 높은 방송을 하는데 마음의 준비를 충분히 해야 한다면서 말이다.

강호가 5부 방송을 예고했다. 일요일이었는데 아침부터 추적추적 비가 내렸다. 이건 일기예보를 보고 방송할 날을 정하는 것도 아니고 강호가 방송을 한다고 하면 비가 내렸다. 비가 오면 방송을 취소하는 거 아니냐는 우려의 목소리들이 있었다. 강호는 단호하게 비가 아무리 많이 내려도 방송은

158

강행한다고 했다.

저녁이 되면서 사방은 비안개로 휩싸였다. 안개로 가득 찬 영국의 스산한 밤거리에 탐정과 범인이 나타나는 장면이 저절로 떠오르는 저녁이었다.

저녁을 먹고 검은 옷을 찾았다. 나는 지난번에 입었던 옷을 입으려고 마음먹고 205호 할머니가 입을 검은 점퍼와 검은 추리닝 바지를 꺼냈다. 그런데 책상 밑에 개켜 놨던 지난번에 입었던 옷이 없었다. 아무리 찾아도 없어서 혹시나 해서 세탁기를 열어 보았다. 세탁물이 가득한 세탁기에는 물이 차 있었다. 탈수를 하다가 멈춘 것 같았다. 나는 물에 잠긴 세탁물을 휘휘 저어 보았다. 찾던 옷이 거기에 있었다.

'가라 짓이네.'

짜증이 밀려왔다. 세탁을 할 거면 끝까지 책임을 지고 잘하든가 끝까지 하지 못할 거면 세탁기에 집어넣지나 말든가.

'가라 옷이라도 빌려 입어야겠다.'

옷장을 뒤졌지만 가라는 검은 옷이 없었다. 가라한테 검은 옷이 없다는 사실을 오늘에야 처음 알았다. 쌍둥이로 태어나 16년 가까이 한집에 살면서도 말이다. 나는 안방으로 가서 옷장을 열어 보았다. 엄마는 없는데 엄마 옷은 남아 있었다. 집에서 나갈 때 몇 벌만 대충 챙겨 나간 듯했다. 공연히 마음이 설레었다. 옷을 다 가져가지 않았다는 것은 다시 돌아온다는 증거니까. 나는 엄마 옷 중에서 검은 운동복 한 벌을 꺼냈다.

"아이고야, 적어도 20년은 젊어 보인다. 옷 하나에 사람이 이렇게 달라 보이다니."

205호 할머니는 내 옷을 입고 거울 앞에 서서 감탄했다. 아주 틀린 말은 아니었다. 205호 할머니는 흐뭇한 표정으로 한참 동안 거울 앞을 떠나지 못했다.

205호 할머니는 미행과 같은 간담이 서늘한 일을 할 때는 뭐든 든든히 먹어 주어야 한다면서 밥을 비볐다. 넓은 그릇 한가득 비빈 밥을 둘이 나눠 먹고 9시가 조금 지나서 밖으로 나왔다.

"이거 쓰세요."

나는 점퍼에 달린 모자를 205호 할머니 머리에 뒤집어씌워 주었다.

"크크크크크크."

205호 할머니가 웃었다. 웃음의 의미가 뭔지는 모르겠다.

지금 집에서 출발.

나는 성찬이에게 문자를 보냈다.

답문자는 금방 왔다.

"오늘 달도 좋은데 걸어가자."

205호 할머니가 하늘을 쳐다보았다. 어느새 비가 그친 하늘에는 달이 둥실 떠 있었다.

"요즘은 날씨도 제멋대로야. 아까까지만 해도 밤새 비가 내릴 것 같더니 언제 비가 내렸냐는 듯 맑게 개지를 않나, 맑게 갠 것도 모자라 달이 저리 둥실 뜨지를 않나. 사람 마음이나 날씨나 어찌 저리도 닮았는지……. 나는 여태 살면서 변덕스러운 사람을 제일 싫어했거든. 그런데 내가 변하고 있더라. 요즘 내 마음이 딱 요새 날씨 같다. 아침에는 이런 마음이 들다가 저녁에는 저런 마음이 들고."

"사람은 변해요."

나는 무심코 205호 할머니 말에 대답했다. 그러다 흠칫 놀랐다.

"돈을 벌고 싶어진 그 마음을 말하는 거예요?"

나는 얼른 말을 바꿨다.

"뭐, 그 말일 수도 있지."

205호 할머니가 애매하게 대답했다.

아파트 공사현장은 여전히 검고 싸늘한 그림자를 드리우고 있었다.

"저 아파트가 말이다. 분양할 때보다 값이 두 배 뛰었다고 하더라. 내 친구가 저 아파트를 분양받았거든. 돈 벌었다고 좋아할 때 나는 속으로 한심했었지. 우리 나이 돼서 먹고 잘 따뜻한 집이 있으면 그만이지 비싼 아파트가 뭔 필요가 있나 하고 말이다. 그런데 지금은 그 친구가 한없이 부럽구나."

대체 205호 할머니에게 무슨 일이 있었는지 궁금해졌다. 무슨 일이 있었기에 말끝마다 돈! 돈! 하는지.

소리담 공원 근처에 도착해서 성찬이에게 다시 문자를 보냈다. 성찬이는 곧 온다고 했다.

10시가 넘어서면서 밤하늘에는 거짓말처럼 구름이 가득 찼다. 한없이 밝던 달빛은 순식간에 사라지고 소리담 공원에는 어둠만이 일렁거렸다.

"미행하기에는 이런 날이 제격이지."

205호 할머니가 소리담 공원 입구 옆 큰 나무 아래에 쪼그리고 앉으며 말했다.

10시 50분, 강호가 나타났다.

> 강호 왔어. 너 왜 안 와?

나는 성찬이에게 문자를 보냈다.

10시 55분.

강호가 촬영 준비를 했다.

왜 안 오느냐고?

나는 다시 성찬이에게 문자를 보냈다.

성찬이는 강호가 방송을 시작하는데도 나타나지 않았다.

"네 친구는 왜 안 오는 거니?"

205호 할머니가 물었다.

"모르겠어요. 무슨 일이 생겼나 봐요. 일단 우리끼리 미행 시작해요. 목소리는 아주 작게 내셔야 해요. 하지만 작다고 해서 느낌이 들어가지 않으면 안 돼요. 목소리 안에 두려움, 공포가 잔뜩 들어가야 한다고요."

"나도 안다."

"가요."

"가자."

205호 할머니는 심호흡을 했다.

"오늘은 혼자인 거 같은데?"

205호 할머니가 말했다. 아주 적절한 멘트였다. 그리고 낮

게 깔린 목소리, 느낌도 좋았다.

"아니다, 아니야. 저기 누군가 나타났다."

다급한 멘트, 적절했다.

205호 할머니 말대로 어둠 속에서 불쑥 나타난 누군가가 강호 뒤를 조심스럽게 따라가고 있었다.

"아이고야, 둘이 아는 사이인가 보다. 저 정도 거리면 눈치 챌 수 있거든. 그런데 뒤도 돌아보지 않는 걸 보면 말이야."

적절한 내용의 멘트이긴 하지만 너무 길었다. 긴장의 순간 멘트가 길면 긴장감이 떨어지기 마련이다. 나는 205호 할머니 옆구리를 치며 짧게 하라는 주문을 했다.

강호가 화장실로 다가섰을 때 의문의 사람이 강호에게 잽싸게 달려갔다. 의문의 사람은 티셔츠에 달린 후드를 깊게 눌러쓰고 있었는데 강호에게 무슨 말인가 하면서 어깨를 툭툭 쳐 주고 뒤로 물러났다.

강호의 오프닝 멘트는 다른 때보다 훨씬 길었다. 소리담 화장실 괴담 마지막 방송 날이라서 뜸을 들이는 모양이었다. 그나저나 성찬이는 왜 나타나지 않는지 모르겠다. 길고 긴 멘트를 마치고 강호가 화장실 문을 열었다. 강호는 다소 주춤거리는 듯한 모션을 취하더니 화장실 안으로 들어섰다.

방송을 볼 수 없는 상황이라 화장실 안에서 무슨 일이 일어나는지 알 수 없었다.

"우리도 가까이 가야 하는 거 아닌가?"

205호 할머니가 물었다.

"아니다. 저 사람 때문에 안 되겠네."

내가 뭐라 말하기 전에 205호 할머니는 스스로 대답했다.

얼마나 시간이 흘렀을까. 의문의 사람이 화장실 문을 쾅! 닫았다. 금방이라도 강호가 화장실 문을 박차고 나올 줄 알았는데 아니었다. 화장실 문은 열리지 않았다. 그 시간은 꽤 길었다. 화장실 안이 궁금했다.

시간이 또 흘렀다. 이제 궁금한 것을 넘어서서 걱정이 되었다. 화장실 안에서 대체 뭘 하기에 꼼짝도 하지 않는지. 설마 진짜 아기 업은 귀신이 나타난 건가? 귀신을 보고 강호가 기절한 건가? 혹시 심장마비? 화장실 문을 열어 봐야 하는 거 아닌가, 온갖 생각이 들었다.

그때였다. 저 멀리서 구급차 소리가 들렸다. 구급차 소리는 점점 더 가까워졌다.

"오메, 구급차가 여기로 오는 거 같은데?"

205호 할머니가 말하는 순간 구급차가 소리담 공원 입구에 섰다. 그리고 구급차에서 구급대원들이 급하게 내렸다. 가슴이 덜컥 내려앉았다. 그 순간 성찬이에게 문자가 왔다.

잘하고 있지? 촬영 잘해야 해. 한순간도 눈 떼지 말고.

애가 어디서 뭐 하느라고 나타나지도 않으면서 잘해라 마라 하는지 한순간 화가 났다. 나와 205호 할머니는 구급대원들의 눈을 피해 한쪽으로 숨었다. 그 와중에도 촬영하는 것을 멈추지 않았다. 구급대원들이 화장실 안으로 들어가고 곧 강호가 들것에 실려 나왔다.

"이게 뭔 일이냐?"

205호 할머니가 어쩔 줄 몰라 했다.

강호가 구급차에 실려 가고 나서야 정신이 돌아왔다. 휴대전화를 끄려는 찰나였다. 의문의 사람이 화장실 안으로 들어가고 있었다. 나는 다시 정신을 집중했다. 화장실 안으로 들어간 의문의 사람은 잠시 후 유유히 나왔다. 그리고 아무 일도 없었다는 듯 소리담 공원에서 나갔다.

그때 가라에게 문자가 왔다.

> 백오라, 너 어디야? 빨리 와. 엄마가 왔다 갔어.

불치병이라니까

실망했다. 실망이 크면 헛웃음이 나온다는 걸 나는 오늘 처음 알았다. 엄마가 왔다 갔다고 해서 소리담 공원부터 집까지 정신없이 달렸다. 205호 할머니가 그렇게 급한 일이면 택시를 타고 가자고 했지만, 보이지 않는 택시를 기다릴 시간도 없었다. 그렇게 달려왔는데.

모든 일은 내가 입은 엄마의 운동복 때문에 시작되었다. 오늘따라 늦게 들어온 아빠가 엄마의 운동복이 없어진 걸 확인했고 엄마가 왔다 간 거라고 착각했다. 나는 오늘에서야 알게 되었다. 아빠도 날마다 엄마를 기다린다는 것을. 무심한 척, 기다리지 않는 척하지만 속으로는 기다리고 있다는 것을. 그러지 않고서야 엄마 운동복이 없어진 걸 단박에 알아챌 수는 없는 거다. 날마다 엄마 옷장을 열어 보고 있다는 증거다.

실망한 아빠는 소주를 마셨고 가라는 소주를 마시는 아빠를 말리지 않았다.

오라야, 촬영한 영상 보내 줘.

허탈하게 방바닥에 퍼져 앉아 있는데 성찬이에게서 문자가 왔다. 영상이고 뭐고 손가락 하나도 꼼짝하고 싶지 않았다. 성찬이는 계속 귀찮게 굴었다. 움직여지지 않는 몸을 겨우 움직여 영상을 보냈다. 어디서 뭐 하느라고 나타나지도 않다가 영상을 보내라고 하느냐고 따지고 싶었지만 말하고 싶은 기분도 아니었다.

"오라야, 라면 끓여. 세 개."

가라가 말했다.

"야, 백오라. 너 진짜 왜 이래? 달걀 넣으면 어쩌냐고? 너 바보냐? 왜 자꾸 달걀을 넣느냐고?"

가라가 소리를 빽빽 지르며 화를 냈다. 화를 내다 제 분에 못 이겨 눈물을 찔끔찔끔 흘렸다. 가라는 울면서 이불 속으로 파고들었다. 이불 속으로 파고들며 기억상실증에 걸린 년이라며 나를 욕했다. 다른 때 같았으면, 그럼 네가 끓여 처먹으라고 말했겠지만 오늘은 그러고 싶지 않았다. 오늘은 가라가 욕하는 소리를 그냥 들어주고 싶었다.

밤이 깊어서야 나는 강호가 떠올랐다. 어떻게 된 걸까? 구급차에 실려 간 걸 보면 기절한 게 분명했다. 기절했다는 것은 화장실 안에서 뭔가를 봤다는 말이다. 아기 업은 귀신을 본 걸까. 나는 강호 방송을 보려다 그만두었다. 궁금하긴 한데 그걸 볼 마음은 아니었다.

나는 아침이 되어서야 소리담 화장실 괴담 5부를 보았다. 강호는 오프닝 멘트를 아주 길게 한 다음 화장실 문을 열었다. 깜깜한 화면으로 으스스한 기운이 흘렀다. 강호가 화장실 안으로 들어서고 곧장 끼이익 하며 나무 문 뒤틀리는 소리가 났다. 그리고 익숙해진 어둠 속에서 움직임이 포착되었다. 나란히 있는 화장실 문 중에 하나가 열려 있는 듯 보였다. 열린 문을 뚫어져라 보고 있는 찰나 쏴아아아! 물소리가 들렸다. 그리고 화장실 입구 문이 닫히며 안은 다시 칠흑 같은 어둠으로 물들었다.

"으으으읍."

강호의 짧은 신음 소리가 들렸다.

"누…… 누…… 누구세요?"

강호가 울음을 터뜨리며 물었다. 어둠 속에 보이는 것은 아무것도 없었다. 물소리가 더 크게 들렸다. 화면이 꺼졌다. 가슴이 사정없이 요동쳤다.

'구독자 중에 누군가 신고한 거구나.'

대체 어둠만이 가득 찬 화장실 안에서 강호에게 무슨 일이 생겼던 걸까. 오늘 강호는 학교에 올까? 아니지, 못 올 거야. 구급차에 실려 갈 정도로 쇼크를 받았는데 어떻게 오겠어?

예상대로 강호는 결석을 했다. 강호가 소리담 화장실 괴담 5부 방송에서 기절해 구급차에 실려 갔다는 말은 학교에 쫙 퍼졌다. 강호가 현재 중환자실에 있는데 목숨이 위태롭다는 확인되지 않은 소문까지 솔솔 들려왔다. 학교 분위기는 뒤숭숭했다.

성찬이는 이렇다 저렇다 한 마디도 하지 않았다. 온종일 기분이 있는 대로 가라앉아서 아무 말도 하고 싶지 않았다.

나도 진심으로 강호가 걱정되었다. 강호가 혼자 소리담 공원에 간 게 아니라는 것은 이미 밝혀졌다. 하지만 화장실 안에서 강호가 무슨 일을 당했는지는 밝혀지지 않았다. 진짜 아기 업은 귀신이 존재한다면 화장실 밖에 있던 의문의 사람도 모르는 일이 화장실 안에서 벌어졌을 수도 있다.

수업이 끝나고 강호 방송에 들어가 보았다. 조회 수가 폭발하듯 늘고 있었다. 학교 분위기로 봐서 우리 학교 아이들도 모두 보는 것 같았다.

성찬이가 영상을 보내왔다. 내가 촬영했던 영상을 깔끔하게 편집했다. 성찬이 솜씨는 놀라웠다. 영상에서는 공포 영화를 보는 듯한 으스스함도 느껴졌다.

205호 할머니의 오디오도 공포와 긴장감을 극대화시키는 데 한몫을 톡톡히 했다. 영상에서 듣는 205호 할머니의 목소리는 실제로 듣는 것보다 훨씬 낮은 톤이었고 약간 허스

키함도 있었다. 영상에 딱 어울리는 안성맞춤의 목소리였다.

> 힘들게 또 편집했네.

> 불치병이라니까.

어젯밤 왜 오지 않았느냐고 물어보려다 말았다. 오늘은 딱 그날 같았다. 엄마가 가출하던 날. 모든 게 송두리째 흔들리던 그날처럼 아무 말도 하고 싶지 않았고 아무것도 따지고 싶지 않았다.

205호 할머니도 강호를 걱정했다. 강호가 실제 아기 업은 귀신을 봤든 겁에 질려 헛것을 봤든 많이 놀란 것은 사실일 거라고 말이다.

"그런데 유튜버 되는 게 쉬운 일은 아니더라."

205호 할머니는 고개를 절레절레 젓기도 했다.

"경쟁이 치열해서 차별화된 방송을 하지 않으면 쫄딱 망하거든요."

"그렇다고 꼭 그렇게 무서운 걸 해야 하냐? 차별화된 거는 찾아보면 그런 거 말고도 많을 텐데 말이다. 그런데 말이다, 네 친구가 한다는 그 방송은 어떤 거냐? 화장실에 찾아가고 그런 건 아니었으면 좋겠다."

"걔는 자극적인 방송은 하지 않아요. 제가 걔를 좋아하지는 않거든요. 인간성이 약간 별로라서요. 하지만 방송에 대한 자부심이 대단하다는 건 인정해요. 요즘 약간 변한 것 같기는 하지만 아직 확인된 바는 없어요. 아무리 변한다고 해도 확 변하지는 않을 거예요. 자극적인 방송은 하지 않을 거라는 말이에요. 아무튼 기존의 팬도 많은 유튜버예요. 새로운 방송을 시작하면 기존의 구독자들이 우르르 몰려올 거예요."

내 말에 205호 할머니는 고개를 끄덕였다.

강호는 이틀을 연이어 결석했다. 강호가 병원에 있는 동안 강호 방송은 댓글로 떠들썩했다. 아기 업은 귀신이 서 있는 걸 봤다는 댓글과 보지 못했다는 댓글들이 서로 치고받고 싸웠다. 강호 방송은 그야말로 뜨겁게 달아올랐다. 다음에 방송할 화장실은 어딘지 추측하는 댓글도 보였다.

'어찌 되었든 강호는 꿈을 이루는구나.'

그런 생각이 들었다. 한 번 히트를 친 유튜버의 다음 방송은 히트를 칠 확률이 높다. 소리담 괴담 방송을 본 사람들은 손꼽아 강호의 다음 방송을 기다릴 것이다. 한편으로는 씁쓸했다. 더 이상 강호는 내가 아는 강호가 아니다. 어리숙한 강호에서 기름 바른 생쥐처럼 약삭빠른 강호로 재탄생했다.

강호가 이틀을 결석하고 난 후 학교에 나타났다. 슈퍼스타

저리 가라였다. 쉬는 시간마다 교실에는 전교생이 몰려들었다. 몰려와서는 다들 귀신을 본 거냐고 물었다.

"방송을 봤으면 알 거 아니냐?"

강호는 여전히 말을 아꼈다.

며칠 뒤 일요일 점심때쯤 성찬이한테 전화가 왔다. 아이스크림 가게로 나오라고 했다. 방송에 대해 회의를 할 거니까 205호 할머니와 같이 나오라고 했다.

아이스크림 가게에 갔을 때 성찬이는 아직 오지 않았다. 창가에 자리를 잡고 앉아 창밖을 내다보고 있을 때 횡단보도 건너편에 서 있는 성찬이가 보였다.

"저 아이예요."

나는 턱으로 성찬이를 가리켰다. 성찬이가 다가올수록 205호 할머니는 고개를 쭉 빼고 성찬이를 유심히 바라보았다.

"아는 아이예요?"

"아니다."

"그런데 왜 그렇게 빤히 보세요?"

"그냥 본다."

성찬이가 아이스크림 가게 안으로 들어설 때 나는 손을 번쩍 들고 흔들었다. 성찬이는 205호 할머니에게 허리를 굽혀 공손하게 인사했다.

"이제 방송을 시작하려면 방송 이름도 정해야 하고 또 같이 방송을 할 건데 할머니와 인사도 해야 할 거 같아서요."

성찬이가 말했다.

"같이 해도 된다고 해줘서 나야 고맙지. 너희들이 아니면 내가 무슨 재주로 유튜브인지 뭔지를 할 수 있겠니."

205호 할머니는 진심으로 고마워했다.

"방송 콘셉트는 뭐야? 그걸 알아야 이름을 뭐로 할지 정하지."

나는 성찬이에게 물었다.

"사람들이 가장 관심 갖고 있는 일들을 파헤치는 방송이야. 일주일에 한 번씩 방송을 한다고 치면 그 전주에 가장 핫한 일이 뭐였는지 알아보고 거기에 대해 파헤치는 방송이지. 현장을 찾아갈 수도 있고 실내에서 방송할 수도 있고, 그때그때 경우에 따라 달라."

"핫한 일? 그렇게 말하면 너무 막연한 거 같아. 핫한 게 어디 한두 가지니? 뷰티면 뷰티, 먹방이면 먹방, 패션이면 패션, 중심은 잡고 그중 가장 핫한 이슈를 찾아야 하는 거 아니니?"

"아니. 그러면 재미없어."

성찬이는 고개를 저었다.

"그건 이 아이 말이 맞네. 미리 뭘 할 건지 알면 재미가 뚝 떨어지지. 뭘 할지 몰라야 재미있는 법이지."

205호 할머니가 성찬이 말에 맞장구쳤다.

"그럼 말이지, 내게 아주 좋은 생각이 있다."

205호 할머니가 의자를 바짝 당겨 앉았다.

"제대로 파헤친다, 팍팍 파헤친다. 이거 어떠냐? 방송 제목으로 말이다."

"오호!"

성찬이가 감탄했다.

"할머니는 방송에 타고난 소질이 있으신 거 같아요. 오라가 찍은 영상에서 할머니 오디오도 끝내줬거든요."

성찬이가 엄지손가락을 들어 올렸다.

"내가 공부를 제대로 했으면 뭐가 돼도 됐을 머리지. 어렸을 때 집안 형편이 좋지 않아 초등학교를 겨우 나왔지만 여기저기 소질은 좀 많은 편이거든."

205호 할머니가 어깨를 으쓱 올렸다.

"그럼 준비되는 대로 당장 시작하도록 할게요."

"첫 번째 방송할 이슈는 뭐야? 현장에 직접 나가서 하는 방송이니?"

"음, 첫 방송부터 현장에 나갈 필요는 없을 것 같아. 일단 현장이 아닐 경우 방송은 어디에서 하면 좋을까? 오라 네가 우리 집으로 오는 건 괜찮은데, 할머니는 좀……. 엄마가 할머니에 대해 자꾸 물어볼 거 같아서."

"그럼 우리 집에서 하자. 우리 집에서 하면 되지, 뭔 문제
야."

205호 할머니가 시원하게 말했다.

소리담 화장실 괴담 방송 파헤치기

"〈제대로 파헤치다〉 첫 방송을 시작하겠습니다. 우리 주변에서 일어나는 가장 핫한 이슈를 철저하게 파헤치는 방송! 여러분의 많은 관심과 사랑 부탁드립니다."

역시 성찬이었다. 그동안 인기 유튜버로 갈고닦은 실력은 목소리에서부터 나타났다. 사람을 집중하게 만드는 적당한 톤, 알맞은 속도였다.

"〈제대로 파헤치다〉 방송을 같이 할 친구를 소개하도록 하겠습니다."

성찬이가 205호 할머니를 소개했다. 205호 할머니가 소개되는 순간 채팅이 폭주했다. 신선하다는 말이 대부분이었다. 205호 할머니와 같이 방송하기로 한 것은 신의 한 수인 듯싶었다. 이 정도로 인기가 있을 줄은 미처 생각하지 못했다.

"또 한 명의 친구는 방송을 하는 데 있어서 천부적인 소질을 갖고 있는 백오라입니다. 오늘 첫 방송에서는 미리 촬영한 영상을 보여 드리도록 하겠습니다. 10분도 채 되지 않는 짧은 영상입니다. 집중해서 봐 주시기 바랍니다."

성찬이는 나와 미리 상의하지 않았던 돌발 멘트를 했다. 미리 촬영해 놓은 영상이 있었으면 그렇다고 말해 주어야 하는 거 아닌가, 같이 방송하는 입장에서 그걸 모르고 있다는 건 말이 되지 않는다. 나는 살짝 기분이 나빠졌다.

미리 촬영해 놨다는 영상이 나오는 순간 나는 너무 놀라 숨이 멎는 줄 알았다. 성찬이가 보여 주는 영상은 바로 내가 촬영해서 성찬이가 편집한 영상이었다. 소리담 공원에서 강호가 4부를 방송하는 모습이 담긴 영상이었다.

"쉿!"

어떻게 된 거냐고 물으려는 찰나 성찬이는 집게손가락을 입에 댔다.

↳ 이게 뭐임?
↳ 소리담 화장실 괴담 파헤치기?
↳ 와, 대박.
↳ 혼자 간 게 아니었네. 이거 사기 아님?

채팅이 올라오기 시작했고 시간이 지날수록 분위기는 더욱더 뜨거워졌다. 뜨거워지는 채팅글들을 보니 정신이 아득해졌다. 강호가 이걸 보면 뭐라고 할까. 물론 사람들을 속인 강호 잘못이 크긴 하지만 이런 식으로 자신의 뒷덜미를 잡혀 낱낱이 파헤쳐지고 있다는 것을 알면 또 기절해서 응급실로 실려 가는 거 아닌가?

"첫 방송은 이것으로 끝내고 다음 주 두 번째 방송에서는 소리담 화장실 괴담 5부를 파헤치도록 하겠습니다."

영상이 끝나자 성찬이는 군더더기 없는 멘트를 끝으로 방송을 끝냈다.

"이런 식으로 하면 곤란하지."

나는 성찬이에게 따졌다.

"오라 너도 봤잖아? 이 방송은 곧 최고로 히트를 칠 거야."

성찬이는 당당하게 말했다. 내가 묻는 말은 그게 아니라는 걸 알면서도 모른 척하는 것 같았다.

"너는 증거가 필요하다면서 나한테 촬영을 하라고 했어. 새롭게 시작할 방송에서 쓸 영상이라는 건 말해 주지 않았다고. 적어도 내가 찍은 영상을 사용하려면 내 허락부터 받아야 하는 거 아니니?"

그건 기본이다.

"무슨 말이야? 너랑 나랑은 같이 방송을 하기로 했어. 우린 모든 것을 함께 공유해야 하는 사이야. 이 방송은 나만의 방송이 아니라 우리의 방송이라고."

성찬이는 무슨 말을 하느냐는 듯 도리어 화를 냈다.

"그래도 이런 식으로 강호를 엿 먹이는 건 옳지 않아. 나는 증거가 필요하다고 해서 개인적으로 강호에게 따질 때 필요한 걸로 알았어. 이건 아니야, 이건 한 사람을 죽이는 일이야. 강호가 아무리 잘못을 했어도 이런 식으로 매장해서는 안 돼. 그것도 같은 학교에 다니고 같은 반인데."

나는 두 주먹을 불끈 쥐었다. 어쩐지 말끔하게 편집할 때부터 알아보았다.

내일 강호가 어떤 얼굴로 학교에 올지 겁이 났다. 아니, 어쩌면 학교에 오지 못할 수도 있다. 내일만 아니라 영영 말이다. 이건 강호에게는 아주 중요한 문제다. 유튜브 세상의 정의를 구현하고자 했으면 일대일로 만나 증거를 들이대도 충분히 해결할 수 있었다. 나는 성찬이가 얼마나 큰 잘못을 했는지 분명히 말해 주고 싶었다.

"나는 내가 옳지 않다고 생각하지 않아."

성찬이가 잘라 말했다. 성찬이의 표정은 꽝꽝 언 얼음처럼 딱딱했다.

"옳든 옳지 않든 그런 걸 떠나서 강호를 생각하자는 거야. 강호가 얼마나 충격을 받았겠니. 나는 이런 거 원하지 않았어."

"그래, 그건 206호 말이 맞는 거 같다. 친구끼리 그러면

못쓰지. 심했지. 네 마음에서 활활 타는 정의감은 이해가 간다만 말이다."

205호 할머니가 말했다.

정의감? 나는 마음속으로 코웃음을 쳤다. 성찬이는 변했다. 성찬이가 강호를 막다른 골목으로 몰아넣는 일을 서슴지 않는 것은 유튜브 세상의 정의 구현 차원이 아니다. 성찬이도 핫한 유튜버가 되고 싶은 것이다. 인기와 돈에 흔들렸고 기어이 부러진 것이다. 아무리 변했어도 어느 정도의 선은 지킬 거라고 믿었다.

"성찬이 너한테 실망했어. 진심으로 실망했어."

나는 어금니를 꽉 깨물며 말했다.

"뭘 실망해? 백오라. 내가 뭘 잘못했는데? 백오라 너도 강호가 의심스럽다고 했잖아? 너도 발소리를 들었잖아? 의심스러워서 강호를 미행했고 강호가 거짓말을 한 걸 알아냈어. 강호가 잘못한 걸 왜 우리 둘만 알고 있어야 하니? 강호 방송을 기다리고 열광하는 구독자들도 알아야지. 구독자들 중에는 슈퍼챗 날린 사람도 꽤 돼. 그 사람들이 계속 강호에게 속아야 하니? 너는 그러길 바라는 거야?"

성찬이 말이 틀렸다는 건 아니다. 하지만 그 영상으로 방송을 해서는 안 되는 일이었다. 강호를 조금이라도 생각한다면 말이다.

"강호가 잘못되면 어떻게 할 거야?"

"뭔 소리야?"

성찬이의 눈썹이 꿈틀거렸다.

"사람들한테 가혹한 소릴 계속 들으면 죽고 싶을 수도 있을 거야. 그러면 어쩔 거냐고?"

"너는 무슨 말을 그렇게 극단적으로 하냐?"

성찬이가 화를 냈다.

"만약 그러면 어쩔 거냐고? 그러면 네가 책임질 거야? 강호가 죽으면 네가 책임질 거냐고?"

갑자기 울컥해졌다. 눈앞에 초록색 안개가 가물거리나 싶더니 소주병이 떠올랐다. 그리고 구급차 소리가 들렸다. 나는 눈을 꼭 감고 고개를 저었다.

"백오라, 너 진짜 왜 그래? 왜 자꾸 그런 말을 하느냐고? 강호가 왜 죽어? 아, 진짜 짜증 나."

"너와 방송하겠다고 한 거 취소야. 강호가 5부 방송할 때 내가 찍은 영상 쓰지 마."

나는 205호 현관문을 부서져라 닫고 나왔다.

밤하늘에는 어둠이 짙게 내려앉아 있었다. 별 하나 보이지 않는 하늘을 쳐다보는데 콧날이 시큰해졌다.

'나는 성찬이가 아무리 미워도 마음 한구석으로는 믿고 있었는데.'

모든 것이 변한다는 걸 인정하면서도 그래도 변하지 않았으면 바라는 것이 있다. 나는 성찬이의 꿈을 믿었다.

"괜찮은 거냐?"

얼마를 그러고 서 있는데 205호 할머니가 다가왔다.

"할머니, 진짜 죄송한데요, 그 방송 못 하겠어요. 할머니를 꼭 도와드리고 싶었는데 죄송해요. 휴대전화 문제도 있고 해서 진짜 도와드리고 싶었는데."

"휴대전화 때문에 신경이 많이 쓰였니? 걱정하지 않아도 돼."

"꼭 휴대전화 때문만은 아니고요……."

나는 말끝을 흐렸다. 겨드랑이 부분이 구멍 난 셔츠, 아파트가 떠들썩하도록 울고 나서 돈이 필요하다던 말, 그런 것들이 복합적으로 내 마음을 흔들었다는 말을 구구절절 말하고 싶지는 않았다.

"나는 신경 쓰지 마라. 그런데 가만 생각해 보니 복잡하긴 하다. 강호라는 아이 충격을 받았을 테고 앞으로 친구들한테 좋지 않은 소리를 들을 텐데 잘 견뎌 낼지도 걱정이고, 내가 볼 때 성찬이도 그렇게 쉽게 그 방송을 그만둘 거 같지 않아 그것도 걱정이다."

"그만두지 않는다고요? 그럼 제가 촬영한 영상을 쓴다는 말이에요? 그게 말이 돼요? 나쁜 새끼."

나는 나도 모르게 205호 할머니에게 화를 냈다.

"아니, 뭐 꼭 그렇다는 말은 아니고 내 생각이 그렇다는 거지, 내 생각이."

205호 할머니는 손을 마구 휘저었다.

205호 할머니는 잠시 더 서 있다 집으로 들어갔다.

> 강호 방송 5부 할 때 찍은 영상 절대 쓰지 마.

나는 집으로 들어오자마자 성찬이에게 문자를 보냈다. 곧 성찬이에게서 전화가 왔다. 받지 않으려다 받았다.

"백오라, 내가 생각해 봤는데 말이야."

성찬이는 낮은 음성으로 말을 이어 갔다. 성찬이 말은 이랬다. 성찬이도 아까 나와 한바탕하고 나서 곰곰이 생각해 보니 강호가 걱정되었다고 했다. 그래서 5부 방송할 때 미행한 영상은 쓰지 않으려고 생각도 했단다. 하지만 다시 생각해 보니 그러면 오늘 방송의 파장을 잠재울 수가 없을 것 같다고 했다. 5부 방송에서 강호는 구급차에 실려 갔으니 차라리 그걸 강조하는 의미에서 미행한 영상을 보여 주는 게 더 나을 것 같다고 했다. 누군가와 함께 소리담 공원에 간 건 사실이지만 화장실 안에는 강호 혼자 들어갔다. 그건 모두가 알고 있는 사실이다. 그리고 화장실 안에서 무슨 일이 있었는지 몰라도 강호가 구급차에 실려 간 것도 사실이다. 그 사실을 다시 한 번 확인시켜 주면 오늘 나간 방송의 파장을 잠재울 수 있을 거라고 했다. 듣고 보니 성찬이의 말이 틀린 말은 아니었다.

"소리담 화장실 괴담은 사실이다! 이걸로 마무리하자는 말이지?"

나는 성찬이에게 물었다.

"괴담이 사실인지 아닌지 확실한 것을 아는 사람은 아무도 없어. 아기 업은 귀신을 강호 방송에서 보여 준 것도 아니니까. 하지만 소리담 공원에 누군가와 같이 간 건 괴담과는 별 상관이 없다는 거, 큰 문제가 아니라는 건 보여 줄 수 있지. 어쩌면 인간적으로 보일 수도 있어. 그런 곳에 무서워서 혼자 못 가는 모습을 보이는 거 인간적이지 않니?"

나는 성찬이가 하자는 대로 하기로 했다. 그나마 어제 방송의 파장을 잠재우는 방법은 그것밖에 없을 듯했다.

"백오라, 미안하다. 나는 첫 방송이라서 시선을 끌고 싶었거든. 다음에는 꼭 오라 너랑 의논하도록 할게. 진심이야."

성찬이가 말했다. 진심이라는 말에 마음이 조금은 누그러들었다.

강호가 결석을 했다. 강호는 없는데 온종일 교실 안이 강호의 이름으로 꽉 찼다. 정작 폭탄을 터뜨려 놓은 성찬이는 덤덤했다. 성찬이가 덤덤한 반응을 보이자 아이들은 내게로 몰려들어 이것저것 물었다. 어떻게 해서 강호를 미행하게 된 거냐, 처음부터 의심했느냐, 뭘 보고 의심이 들었냐. 나는 대답하지 않았다. 아이들에게 볶이는 일분일초가 힘들고 괴로웠다.

내가 이 정도인데 강호가 학교에 오면 어떨까? 내가 강호라고 해도 견딜 수가 없을 것 같았다. 강호가 지금 어디서 무얼 하고 있는지 하루 종일 궁금했다.

"다음 방송을 빨리 하는 게 좋겠어. 오늘이라도 당장."

수업이 끝나고 나오면서 성찬이에게 말했다.

"오늘은 내가 과외가 있어서 곤란해. 오늘 방송 예고를 하고 내일 방송해야겠다."

강호는 결석을 했는데 성찬이는 과외를 해야 한다고 했다. 뭔지 모를 분노가 몽글몽글 끓어올랐다. 성찬이에게 한마디 쏘아붙이지 않고는 견딜 수가 없었다.

"성찬아."

나는 손을 흔들며 뒤돌아서려는 성찬이를 불러 세웠다.

"너 알지?"

"뭘?"

"네 얼굴 말이야."

"내 얼굴?"

성찬이가 손가락으로 얼굴을 더듬었다.

"피부 개떡 같아. 그 피부로 지금껏 뷰티 방송을 한 것도 기적이야. 완전 개떡 같아. 그거 네 방송을 보는 구독자들을 놀리는 거야, 이 배신자야."

나는 말을 마치고 획 돌아섰다. 그리고 돌아보지 않고 걸었다. 그래도 욕을 한마디 하고 나니까 조금은 시원해진 것 같았다.

집에 돌아왔을 때 가라의 얼굴이 이상했다. 눈두덩이가 벌건 게 운 것 같았다.

"백오라, 라면 끓여. 세 개."

목소리도 잠겨 있었다. 운 게 분명했다.

나는 라면을 끓였다. 잊지 않고 달걀도 풀었다.

"너, 나 엿 먹이는 거지?"

가라가 라면 냄비를 걷어찼다. 라면이 바닥으로 쏟아졌다.

"너 자꾸 왜 그러는데? 왜 자꾸 달걀을 푸느냐고, 이 미친년아."

가라가 소리소리 질러 대며 욕을 했다. 나는 묵묵히 가라가 하는 욕을 들었다. 욕을 실컷 하고 나서 가라는 세수를 하고 방으로 들어갔다.

라면 세 개를 끓이라는 이유

강호가 아파트 입구에서 기다리고 있었다. 사방으로 뻗친 머리와 눈에 띄게 핼쑥해진 얼굴, 퀭한 눈은 한없이 피곤해 보였다.

"좀 보자."

앞서 걷던 강호는 사람들이 뜸한 곳에서 걸음을 멈췄다.

"나는 백오라 네가 그런 아이인 줄 몰랐다."

돌아보는 강호의 눈빛에 원망이 일렁였다. 나는 아무 말도 할 수가 없었다. 강호가 내 원망을 실컷 하고 마음이 후련해진다면 어떤 말을 들어도 괜찮을 것 같았다.

"나는 오라 너를 좋은 아이로 생각했거든. 남을 이용해 먹는 비열한 아이인 줄은 진심 몰랐어."

원망을 다 들어주려고 마음은 먹었지만 비열하다는 말은 듣기 거북했다. 어쩌다 내가 찍은 영상 때문에 강호가 곤란한 일을 겪고 있기는 하지만, 솔직히 비열하다는 말은 나보다는 강호에게 좀 더 어울리는 것 같기도 했다. 강호는 사람들을 속였으니까.

"좋아. 일단 그런 영상을 찍어 방송으로 내보낸 건 사과해. 나도 그 영상이 방송으로 나갈 줄은 몰랐어. 성찬이가 단독으로 결정한 일이었으니까. 하지만 나는 너를 이용해 먹은 적 없어. 그런 생각조차도 없고. 비열하다는 말도 듣기 거북해. 나는 소리담 화장실 방송 1부부터 의문의 발소리를 들었어. 1부 방송이 끝났을 때 성찬이도 혼자 갔느냐고 너에게 물었잖아? 나만 발소리를 들었다면 내 귀를 의심했겠지만 성찬이도 들었어. 물론 나중엔 이상하게도 그 발소리가 감쪽같이 편집되었지만 말이야. 편집이 되어 발소리가 사라지고 나니까 더 이상한 거야. 당연히 발소리에 대해 파헤치고 싶지. 그건 당연한 거 아니야? 아, 그렇다고 해서 증거로 찍은 영상을 방송을 통해 내보낸 게 잘했다는 말은 아니야. 솔직히 말하면 나는 강호 네가 그렇게 변할 줄 몰랐어."

나는 강호의 눈을 빤히 바라보았다.

"아니, 처음부터 너와 성찬이는 철저하게 계획을 세우고 그대로 한 거야. 누가 모를 줄 알고. 그렇지 않았다면 너는 발소리를 듣고 나에게 이상하다고 말했을 거야. 그런데 왜 가만히 있었어?"

"처음에 발소리를 듣고도 너에게 말하지 않은 건 이유가 있었어. 그동안 하는 방송마다 폭삭 망하다가 처음으로 구독자 폭발에, 좋아요가 넘쳐 나는 방송을 하고 있는데 초치기 싫어서였어."

"미화하지 마."

강호의 표정이 싸늘했다.

"성찬이랑 네가 하는 그 방송은 얼마나 잘되나 보자. 의도적으로 남을 밟고 짓이기면서 하는 니들 방송이 얼마나 잘 나가는지 보자고."

강호의 눈빛이 소름 끼칠 정도로 차가웠다. 그런 강호의 모습은 처음이었다. 그런 게 아니라고, 나는 절대 의도적으로 그런 적 없다고 말하고 싶은데 강호는 기다려 주지 않았다. 나를 쏘아보다 쌩하니 돌아섰다.

"강호야."

나는 두 주먹을 불끈 쥐고 소리쳤다.

"어디 가는 거야? 학교, 학교 안 가?"

"너라면 지금 이 상황에 학교 가고 싶겠니?"

강호는 돌아보지 않은 채 말했다.

"진짜로 방송할 의도 같은 거 없었어. 성찬이랑 짜고 그런 거 아니라고. 아, 좋아. 믿든 말든 그건 네가 알아서 하고, 오늘 성찬이가 두 번째 방송을 할 거야. 오늘 방송을 하고 나면 다 괜찮아질 거야. 다, 다 괜찮아질 거라고."

나는 여전히 두 주먹을 불끈 쥐고 괜찮아질 거라는 말에 힘을 주었다.

"오늘 방송도 내 이야기야? 또 나를 찍은 영상이 있는 거야?"

강호가 헛웃음을 웃으며 물었다. 나는 성찬이가 했던 말을 강호에게 열심히 설명했다. 강호가 다시 돌아서기 전에 빨리 말하려다 보니 말이 엉킨 실타래처럼 뒤죽박죽되었다. 속상했다.

"그러니까 내가 무서워서 혼자 소리담 공원에 가지는 못했지만 적어도 화장실에는 혼자 들어갔고 방송을 진실되게 했다는 걸 보여 준다는 말이니?"

"그래, 바로 그 말이야."

뒤죽박죽 말했는데도 강호는 내가 하려는 말을 용케도 잘 알아들었다. 강호는 더는 아무 말도 하지 않고 잠시 무슨 생각을 하는 듯하더니 돌아서서 가 버렸다.

"오늘 방송 꼭 봐. 나는 너에게 아무 일도 일어나지 않았으면 좋겠어. 이 말은 진심이야."

소리쳐 말했지만 강호는 들었는지 못 들었는지 그대로 가 버렸다.

성찬이는 저녁 8시에 방송을 한다고 예고했다. 영상을 틀어 주고 곧 마칠 거라고 했다.

오늘 방송 꼭 봐.

수업이 끝나고 나는 강호에게 문자를 보냈다. 답장을 기다렸지만 강호에게서는 문자가 오지 않았다.

집으로 돌아와서 옷을 갈아입고 있는데 초인종이 울렸다. 205호 할머니였다.

"성찬이가 왔는데? 유튜브 하는 것 때문에 뭔 회의를 한다고 하던데. 그것 봐라, 내 말이 딱 맞지? 단박에 그만둘 아이는 아니라니까. 그나저나 나는 니들 중간에서 참 곤란하게 생겼네. 네가 그만두면 나도 그만두어야겠다고 생각하고 있는데 저렇게 우리 집에 찾아왔으니. 내가 말이지, 고집스럽고 마음에 들지 않으면 당장이라도 세상을 뒤집어엎게 생겼지만 마음이 약하거든. 남한테 싫은 말을 못 해. 하자는 걸 못 한다는 말도 잘 못 하지. 마음 다칠까 봐."

"할머니는 생긴 것도 마음 약하게 생기셨어요."

나는 앞장서서 205호로 갔다. 성찬이는 집 안을 둘러보고 있었다.

"할머니, 혼자 사시는 거 아니죠? 오라가 혼자 사신다고 해서 그런 줄 알았는데 손자나 손녀가 있는 거 같은데요?"

그 짧은 시간에 어디에서 뭘 봤는지 성찬이가 물었다.

"나는 혼자 산다고 말한 적 없는데, 왜 나를 혼자 사는 노인네로 알았을까? 그리고 혼자 살든 둘이 살든 열이 살든 그건 지금 중요한 문제가 아닌 거 같고. 무슨 회의를 한다는 건지 우리 집까지 왔으니 어디 얘기 좀 들어 보자."

205호 할머니가 거실 가운데에 자리를 잡고 앉았다.

"오늘 방송이 끝나고 나면 다음 방송에는 뭘 하면 좋을지 의논해야 할 것 같아서요. 우리 방송, 굉장히 희망적이에요. 단 한 번의 방송으로 구독자가 폭발하고 있거든요. 조회 수도 점점 늘어나고 있고요."

성찬이는 아무 일도 없었던 것처럼 천연덕스럽게 말했다. 이번 방송은 어쩔 수 없이 하기로 결정했지만 우리에게 다음 방송은 없다, 나는 분명히 말한 것 같은데 딴소리다.

"너와 함께 방송하겠다고 한 것 취소야. 안 할 거야. 그러니까 죽을 쑤든 밥을 하든 네 마음대로 해."

나는 내 뜻을 분명히 밝혔다.

"오라, 너 왜 그래? 앞으로는 너랑 의논해서 할 거라니까. 딱 한 번인데 좀 봐주면 안 돼?"

"딱 한 번이든 두 번이든 횟수는 중요하지 않아. 나는 성찬이 너에게 완전히 실망했고, 또 강호에게도 실망했어. 유튜브는 쳐다보고 싶지도 않아."

나는 단호하게 말했다.

"한 번만 봐달라니까."

성찬이가 간절하게 말했다.

"할머니는 어떻게 하실 거예요?"

그러더니 205호 할머니에게 물었다.

"나는 206호가 하는 대로 할 거다."

할머니도 단호했다.

그때였다. 아빠한테서 전화가 왔다.

"백오라, 지금 빨리 상당백화점 옆에 있는 경찰서로 가라. 가라가 경찰서에 있어. 아빠도 바로 갈 건데, 여기가 먼 곳이라서 시간이 꽤 걸릴 것 같아. 가라 혼자 겁먹고 있을 테니까 빨리 가."

가라가 왜 경찰서에 있는지 묻기도 전에 아빠는 급히 전화를 끊었다. 나는 자리를 박차고 일어나 밖으로 나와 경찰서를 향해 달렸다. 가라와 경찰서, 아무리 생각해도 어울리지 않았다. 맞춰 보려고 애써도 맞춰지지 않는 퍼즐이었다.

가라는 경찰서 한쪽에 놓인 의자에 앉아 있었다. 가라 옆에 앉아 있는 사람을 보는 순간 가슴이 철렁 내려앉았다. 그 아줌마였다. 가끔 찾아와 엄마한테 소식이 없느냐고 묻던 그 아줌마.

"왜 네가 왔냐?"

나를 본 가라는 피식 웃으려고 했다. 하지만 얼굴은 심하게 일그러졌다.

"어떻게 된 거야?"

"오해하지 마라. 앞집에서 신고하는 바람에 경찰서까지 오게 된 거니까. 나는 이럴 생각 전혀 없었어. 알고 보니 우리 집에 한두 번 온 게 아니었더구나. 수시로 와서 망을 본 거 같았어."

가라 대신 그 아줌마가 말했다.

"어떻게 된 거냐고?"

나는 가라에게 다시 물었다.

"내가 조퇴하고 저 아줌마 집에 갔거든. 오늘 어쩐지 그 시간에 꼭 가고 싶더라고. 아니나 다를까, 딱 걸린 거지. 그 아저씨가 집에 들어가는 걸 봤어. 순 사기꾼. 매일 우리 집에 와서 엄마한테 연락 없었느냐고 묻고 사람 귀찮게 하더니 순전히 쇼한 거였어. 자기들은 왔다 갔다 하면서 안 그런 척한 거지. 엄마가 당한 거야. 이 아줌마와 그 아저씨가 짜고 엄마를 꼬드겨서 돈을 빼돌린 거라고."

가라의 눈은 섬뜩할 정도로 빛났다.

"사정이야 어찌 되었든 쓰레기도 모자라 음식물 쓰레기를 그런 식으로 투척하면 어쩌니."

그때 경찰이 다가오며 말했다.

"그게 무슨 말이에요? 음식물 쓰레기를 투척해요? 어디에 요?"

"누가 버리러 가는 음식물 쓰레기통을 낚아채서 이분 집 현관에다 들이부었지. 그뿐인 줄 아니? 쓰레기가 잔뜩 든 쓰레기봉투를 몇 개나 들고 가서 초인종을 누르고 문이 열리자마자 봉투를 뜯어서 집 안에 쓰레기 투척! 집 안이고 계단이고 온통 쓰레기로 난리가 났어. 거기에다 소리소리 지르고 울고불고, 신고 받고 가 보니 난리도 그런 난리가 없더구먼."

"똥이 있었으면 똥을 들이부었을 거예요."

가라는 분이 풀리지 않은 표정으로 말했다.

아빠가 왔다. 경찰서에 들어서는 작업복 입은 아빠를 보는데 눈물이 왈칵 쏟아졌다. 단 한 번도 본 적이 없는 아빠의 모습이었다.

"온다 간다 말도 없이 집을 나가고 난 후 처음으로 그 사람이 집에 왔었어요. 해결해야 할 것도 있고 오지 않으면 안 될 상황이었거든요. 그런데 물어보니 이 아이들 엄마하고는 같이 있지 않은 것 같았어요."

아줌마가 말했다. 아빠는 묵묵히 아줌마의 말을 들었다.

"뭐 피해자분께서 문제를 제기하지 않는다고 하니 여기에서 이 사건은 매듭짓기로 하겠습니다. 어이, 학생. 그 성질 좀 죽여. 어떻게 세상 살면서 성질대로 다 하고 사니?"

경찰이 말했다.

"우리 담임한테 가서 물어보세요. 제 성질이 얼마나 온순

한지."

가라가 쏘아붙였다. 경찰은 머쓱한지 피식 웃었다.

"미안하다는 말은 들어야 할 거 아냐. 나랑 아빠랑 오라랑 이렇게 힘들어하는데 미안하다는 말은 들어야 할 거 아니냐고. 그래서 찾아다닌 거야."

경찰서에서 나오는데 가라가 말했다. 누가 뭐라고 했다고. 나와 아빠는 아무 말도 하지 않았는데 말이다.

"아빠는 엄마한테 미안하다는 말 안 듣고 싶어? 안 들어도 돼?"

"가라 너는 그 말을 꼭 듣고 싶어?"

아빠가 물었다.

"응, 듣고 싶어. 당연히 들어야지."

"그래, 당연히 들어야 한다면 들어야지."

아빠가 고개를 끄덕였다.

"아빠, 다시 일하러 가야 해?"

"아니."

"잘됐네. 집에 가서 라면 끓여 먹자. 오라가 라면 기차게 잘 끓이거든. 특히, 라면 세 개 끓이는 실력은 오라 따라올 사람 아무도 없어. 정확한 물 양, 끓이는 시간, 완벽해."

가라가 엄지손가락까지 추켜세우며 말했다.

"오라가 라면을 그렇게 잘 끓이니? 라면은 누가 끓여도 같은 맛인 줄 알았는데 아닌가 보네. 너랑 오라는 라면 킬러지만 아빠는 라면 안 먹잖아. 아빠는 그냥 밥 먹고 너랑 오라만 라면 먹어. 두 개만 끓여서."

아빠의 말에 가라는 이맛살을 찌푸렸다. 두말도 하지 않고 앞서 걸어가는 가라의 뒷모습을 보며 나는 그제야 라면을 꼭 세 개씩 끓여 내라던 가라의 속마음을 알 것 같았다. 나와 가라는 라면 킬러다. 엄마도 그렇다. 엄마와 나 그리고 가라 셋은 라면을 잘 끓여 먹었다. 라면은 꼭 내가 끓였다. 그래서 나는 라면 세 개 끓이기를 잘하는 편이다. 실력이 뛰어난 걸 거다. 지금 생각해 보니 그렇다. 가라는 엄마 생각이 날 때마다 라면 세 개를 끓여 내라고 했던 거다. 그런 날은 그 아저씨 집에 다녀왔을 수도 있겠다는 생각이 들었다.

"집에 라면 있니? 라면 사 갈까?"

아빠가 물었다.

"아니, 라면 먹고 싶은 생각이 갑자기 없어졌어. 보나 마나 오라가 달걀을 풀 거거든. 나는 달걀 푼 라면은 안 먹는데."

가라가 퉁명스럽게 말했다.

"왜 그랬어?"

아빠가 살며시 나에게 물었다.

"자꾸 라면만 처먹으려고 하잖아. 건강에 안 좋은데."

엄마가 사라지고 난 후 가라는 밥을 잘 먹지 않았다. 내 딴에는 그게 걱정이었다. 나는 가라가 듣지 못하게 작은 소리로 말했다. 아빠가 내 손을 꼭 잡았다.

가라도 기다리고 있다. 겉으로는 안 그런 척, 무심한 척해도 속으로는 간절하게 엄마를 기다리고 있다.

영혼을 조각조각 잘라 내는 일

　방송을 한 시간 앞두고 강호가 전화를 했다.

　"오늘 성찬이가 보여 줄 그 영상, 내가 미리 보고 싶은데 보여 줄 수 있어?"

　강호의 목소리가 차분해진 것만으로도 얼마나 기쁘고 안심이 되는지 나는 두말도 하지 않고 영상을 보내 주었다. 그래, 강호야. 이런 때일수록 정신 똑바로 차리고 일을 잘 해결해야 해. 차분하고 냉정하게. 괴담이 있는 장소에 한밤중에 혼자 가기 무서운 건 당연한 거야. 네 방송을 보는 사람들을 속인 건 잘못이지만 가만히 생각해 보면 아주 이해하지 못할 일도 아니야. 그 약점을 이용해 먹으려는 성찬이가 더 잘못이지.

　영상을 보내고 얼마 후에 강호한테서 만나자는 전화가 왔다. 강호는 우리 아파트 앞으로 왔다.

　"백오라, 나한테 보내 준 그 영상 그대로 방송할 거니? 아니면 편집할 거니?"

강호의 목소리는 격앙되어 있었다. 눈에도 핏발이 섰다. 그 영상에 무슨 이상이 있는 건지 가슴이 덜컥 내려앉았다.

"이미 편집한 거야. 아마 그대로 방송할 거 같은데? 무슨 문제 있어?"

"니들 나를 바보로 알지?"

갑자기 소리를 빽 지르는 강호의 목에 핏줄이 빳빳하게 섰다. 영상의 어떤 부분이 강호를 저렇게 화나게 하는지 알 수 없었다. 나는 그저 강호의 모습을 촬영했을 뿐이다. 성찬이의 편집에도 큰 문제는 없었다. 뭘 더하지도 않았고 빼지도 않았다.

"바보 취급을 했으니까 그런 식으로 몰아간 거겠지. 자기들 잘되려고 철저하게 이용해 먹은 거야."

"무슨 말을 그렇게 해? 내가 너를 몰래 촬영한 거, 네 입장에서 보면 기막히고 화날 일 맞아. 하지만 그건 너를 바보로 생각해서 그런 거 아니라는 거 너도 알잖아? 그리고 분명히 말하는데 나도 화내고 싶은 거 간신히 참고 있어. 나는 강호 너를 믿었거든. 네가 유튜브를 시작하고 망하고 다시 시작하고 다시 망하고 그런 걸 보면서도 나는 너를 응원했어. 네 유튜브가 대박 나길 응원한 게 아니야. 어리숙할 정도로 순수한 너를 응원했어. 변하지 않는 네 모습이 좋아서 그걸 응원했다고. 그런데 지금 네 모습에 내가 얼마나 배신감을 느끼는 줄 알아?"

이용해 먹었다는 말에 무너졌다. 나는 나도 모르게 강호에게 하고 싶은 말을 다 했다.

"나는 오라 너에게 배신감을 느끼고 있어. 그 배신감에 온몸이 바들바들 떨린다고."

"너 정말 왜 그래? 잘못은 네가 먼저 했어. 잘못을 하려면 들키지나 말든가. 발소리는 왜 들리게 해서 의문을 품게 만드느냐고."

잘못을 반성하기는커녕 도리어 큰 소리 치는 모습에 기가 막혔다. 미안한 마음이 한순간 싹 가시려고 했다.

"성찬이와 오라 너, 대회에서 큰 상 받고 그쪽으로 좀 할 줄 안다고 이런 식으로 나오면 안 돼. 철저하게 계획해서 사람을 쓰러뜨려 놓고 그것도 모자라 한 번 더 밟고 있어. 총을 쏴 놓고 죽지 않았을까 봐 확인 사살하려고 하고 있어."

"확인 사살?"

"저번 방송이 나를 죽이고 그 위에 올라서는 방송이었지. 그리고 오늘 방송은 확인 사살이야."

무슨 말인지 도무지 감이 오지 않았다.

"백오라, 너 진짜 많이 변했다. 나는 오라 네가 그런 아이인 줄 몰랐다. 마음대로 해. 니들 마음대로 하라고. 영상을 그대로 보여 주고 니들이 원하는 걸 얻으라고. 배 터지도록 잘 먹고 잘살라고. 얼마나 잘 먹고 잘사는지 보자."

강호의 뺨에 눈물이 주르륵 흘렀다. 순간 심장이 덜컹 내려 앉았다. 나는 강호의 손을 잡았다. 강호는 내 손을 뿌리치며 싸늘한 눈빛으로 나를 쏘아보더니 돌아섰다.

오늘 방송에서 보여 줄 영상이 확인 사살이라니. 영상의 어느 부분이 그렇다는 말인지 아무리 생각해도 알 수가 없었다. 여전히 강호를 미행하며 촬영한 영상이고 강호가 구급차에 실려 가는 모습이 있을 뿐이다. 하지만 그 모습은 넘어진 강호를 도로 일으켜 세우는 부분이다. 그 부분 때문에 성찬이는 방송을 해야 한다고 했고 나는 찬성했던 것이다.

집으로 들어와 그 영상을 다시 한 번 보았다. 아무리 봐도 뭐가 문제인지 알 수가 없었다. 휴대전화를 방바닥에 내려놓으려다 나는 자리를 박차고 일어났다. 그리고 영상 마지막 부분을 다시 한 번 보았다. 이거다, 바로 이거다. 나는 시계를 봤다. 성찬이가 곧 방송을 시작할 시간이었다. 나는 성찬이에게 전화를 했다.

"오늘 방송 취소해."

나는 다급하게 말했다.

"뭔 말이야?"

"그 영상 그대로 내보내면 안 돼."

"무슨 말인지 모르겠네. 방송 시작해야 해. 끊어."

"끊지 마. 너, 그 영상 함부로 쓰면 안 돼. 그거 내가 찍은 영상이야. 저작권은 나에게 있다고. 나는 이미 너와 함께 방송하지 않겠다고 말했어. 그러니까 너는 그 영상을 쓸 권리가 없다고."

"백오라, 너 진짜 왜 그래? 끊어. 방송해야 해."

성찬이는 전화를 끊었다. 나는 성찬이네 집을 향해 달렸다. 그 영상은 방송으로 나오면 안 된다, 절대 안 된다. 그건 쓰러진 강호를 한 번 더 짓밟는 것과 같은 행위다. 강호 말대로 확인 사살이다.

강호가 구급차에 실려 가고 난 후 유유히 화장실 안으로 들어갔다가 나왔던 의문의 사람. 그 사람의 행동이 문제였다. 강호와 짜고 소리담 공원에 같이 간 걸 보면 의문의 사람은 강호와 친한 사이다. 친한 사이일 경우 강호가 구급차에 실려 갔는데 그렇게 평온할 수가 있을까? 대부분의 경우 그런 일이 닥치면 놀라서 같이 구급차를 타고 병원에 갈 것이다. 그런데 구급차를 보내고 나서 혼자 소리담 공원에 남는 것도 모자라 화장실 안에 들어갔다 나오다니. 한 사람이 놀라 기절을 한 화장실에 아무렇지도 않은 듯 들어간다는 것은 화장실 안에는 아무것도 없다는 걸 미리 알고 있지 않으면 불가능한 것이다.

강호가 구급차에 실려 가는 것도 그 사람과 같이 만든 시

나리오일 수 있다. 아니면 그 사람이 강호를 속였거나. 아무
튼 둘 중에 하나다. 하지만 그 사람이 강호를 속이기는 어렵
다. 만약 그 사람이 강호를 속였다면 강호는 화장실 안에서
진짜 뭔가를 보고 기절했다는 말인데, 그럼 화장실 안에 그
사람이 아무렇지도 않게 들어갈 수는 없다. 강호와 그 사람
이 처음부터 시나리오를 썼을 확률이 더 크다.

강호에 대한 분노가 일었다. 하는 방송마다 쫄딱 망해서 한
번 멋지게 남의 이목을 받으며 성공하고 싶은 마음이야 있을
수 있겠지. 그렇다고 구급차까지 출동하는 기획이라니. 하지
만 분노가 치솟는다고 해서 그 영상을 모든 사람들 앞에 공
개할 수는 없다. 그건 강호의 영혼을 조각조각 잘라 내는 일
이다. 영상이 나가면 강호는 털린다. 조각조각 난 영혼까지
탈탈탈! 멘탈이 아주 강하다 하더라도 견디지 못할 것이다.

성찬이네 집에 도착하기도 전에 영상이 끝나 갈 시간이 되
었다. 나는 달리다 길거리에 쪼그리고 앉아 성찬이 방송에
들어갔다. 막 그 사람이 화장실에서 나오고 있었다.

'어떡해.'

나는 무릎에 얼굴을 묻었다. 눈물이 쏟아졌다. 이제 물은
엎어졌고 엎어진 물을 도로 주워 담을 수는 없다. 나는 휴대
전화를 껐다. 문득 고개를 드는데 오늘따라 밤하늘이 너무도
맑았다. 맑은 하늘 저 멀리 별 하나가 지고 있었다.

얼마를 그러고 있다가 집으로 돌아왔다.

"너 왜 전화가 안 돼?"

집에 들어서자마자 가라가 내 휴대전화를 낚아채듯 빼앗아 갔다.

"꺼 놓으려면 왜 들고 다니니?"

가라가 휴대전화를 켰다. 그때를 기다리기라도 하듯 진동음이 들렸다.

"강호다."

가라가 휴대전화를 내밀었다.

"나는 죽을 때까지 너와 성찬이를 저주할 거야."

전화를 받자마자 강호가 말했다. 목소리가 얼마나 큰지 강호의 목소리로 우리 집이 폭발하면 어쩌나 걱정될 정도였다. 강호는 몇 마디 더 했지만 그다음 말은 폴폴 날아가는 먼지처럼 귓가에서 흩어졌다. '저주'라는 말만 맴돌았다.

"백오라, 성찬이 방송에서 보여 준 영상 네가 촬영한 거지? 애들이 하도 성찬이 방송에 대해 떠들고 너랑 어떤 할머니도 같이 하는 방송이라고 해서 봤거든. 너, 미쳤니? 왜 그런 짓을 했어?"

전화를 끊고 나자 가라가 따지듯 물었다.

"오라 너, 방송 안 한다고 그랬었잖아? 나는 네가 유튜브를 볼 때도 그냥 강호가 불쌍해서 봐 주는 줄만 알았어. 너는 다시는 방송을 안 할 거라고 굳게 믿고 있었거든. 엄마 때문에 공영방송이고 유튜브고 방송이라면 다 싫어진 줄 알았거든."

가라가 한숨을 쉬며 말했다.

"엄마?"

나는 가라를 빤히 바라보았다. 여기에서 엄마가 왜 나올까. 엄마는 내가 방송 피디가 되고 싶어 했을 때 좋아했다. 꼭 꿈을 이루라고 대회에 나갈 때도 적극적으로 지지해 주었다.

"뭐야? 오라 너 모르고 있었어?"

가라가 어이없다는 표정을 지었다. 가라의 말은 이랬다. 어느 나라 것인지는 모르지만 엄청난 구독자를 두고 방송만 했다 하면 백만 뷰는 단 하루 만에 넘기는 대단한 유튜브가 있었단다. 사기 쳐서 억만장자가 되는 법을 알려 주는 유튜브였는데, 지금은 그 유튜버가 교도소에 가서 중단되었다고 한다. 아무튼 그 유튜버는 방송을 통해 각종 사기 치는 방법을 알려 주었는데, 그 방법대로 사기 쳐서 돈을 벌었다는 증인들이 모자이크 처리되어 방송에 출연하기도 했단다. 가라의 말에 의하면 엄마가 그 유튜브를 보았다고 한다. 어떤 경로를 통해 봤는지, 사기를 치기로 작정하고 방법을 배우기 위해 봤는지, 아니면 방법을 보고 나서 사기 치기를 결심했는지는 모르지만 아무튼 그렇다고 했다.

"너 이제 어떻게 할래? 강호가 인기에 목말라 그런 짓을 했다고 해서 오라 네가 꼭 그걸 밝혀내야 했어?"

가라는 계속 한숨을 쉬었다.

잠을 잘 수가 없었다. 엄마가 그랬다니, 엄마가. 세상에 존재하는 모든 유튜브 채널을 폭파하고 싶었다.

새벽에 잠깐 잠이 들었다. 아주 잠깐의 시간에 꿈을 꾸었다. 지난번에 꾼 꿈에 이어진 꿈이었다. 강호가 누군가에게 업혀 나타났다. 강호의 얼굴은 지난번과 같았다. 강호에게 미안하다고 말하려는데 강호를 업은 사람이 획 돌아보았다. 심장이 멈추는 듯했다. 강호를 업고 있는 사람은 다름 아닌 엄마였다. 엄마가 강호를 업고 무심한 얼굴로 나를 바라보았다. 나는 숨이 잘 쉬어지지 않아 고통스러워하다 잠에서 깼다.

비가 내리고 있었다. 창문을 때리는 빗줄기 사이로 언뜻언뜻 엄마와 강호의 얼굴이 스치고 지나갔다.

학교에 가려고 집에서 나오다 놀라서 기절하는 줄 알았다. 강호가 현관 앞에 서 있었다. 강호의 머리와 몸에서 빗물이 흐르고 있었고 강호 발밑으로 물이 흥건했다. 꽤 오랫동안 서 있었다는 증거다.

나는 강호의 손에 이끌려 밖으로 나왔다. 강호에게 우산을 들이밀었지만 강호는 강하게 뿌리쳤다. 강호가 우산을 쓰지 않는데 나 혼자 쓰기가 미안했다. 지금 현재 상황에서 혼자 비 맞지 않겠다고 우산을 쓰는 것은 어쩐지 강호에게 몹쓸 짓을 하는 것 같았다.

"내가 밤새 생각해 봤는데 말이야."

한참을 비를 맞고 멍하니 서 있던 강호가 입을 뗐다.

"오라 너는 모든 걸 다 알고 있지는 않을 거라는 생각이 들었어. 내가 아는 백오라는 절대 그런 아이가 아니거든."

모든 말을 다 들어보지는 않았지만 '백오라는 절대 그런 아이가 아니거든.' 그 말에 갑자기 울컥했다.

"백오라, 너는 발소리를 듣고 거기에 의문을 품었을 뿐이고, 성찬이가 진지하게 꼬드기는 바람에 넘어갔겠지. 그렇지?"

강호가 물었다. 진지하게 꼬드긴다는 말이 마음에 쏙 드는 말은 아니었지만 나는 고개를 끄덕였다.

"나도 그랬으니까. 성찬이가 진지하게 꼬드기는 바람에 넘어갔으니까."

빗줄기는 더 거세졌고 바로 앞에 서 있는 강호의 얼굴도 제대로 보이지 않았다. 그 비를 맞으며 강호는 말을 이어 갔다.

기다리는 사람들

옷을 갈아입으러 집에 들어왔다가 주저앉았다. 머리가 지끈거리더니 갑자기 온몸이 덜덜 떨리기 시작했다. 다리에 힘이 풀려 일어날 수도 없었다. 나는 보일러를 최고로 올리고 이불을 뒤집어썼다.

강호의 말은 충격이었다. 강호가 말하는 걸 듣고 있자니 둔탁한 망치로 머리를 얻어맞은 듯 정신을 차릴 수가 없었다.

모든 것은 성찬이가 계획한 일이었다. 성찬이의 철저한 계획 안에 나와 강호가 있었다.

성찬이는 뷰티 방송이 내리막길을 걷고 있다는 것을 알았던 것이다. 가장 핫한 것의 중심에 있던 성찬이는 그걸 받아들이기 힘들었을 테고 불안했을 것이다. 그래서 새로운 방송을 기획했고 거기에 가장 어리숙한 강호와 촬영을 잘하는 나를 끌어넣었다.

성찬이는 강호에게 화장실 괴담을 방송해 보라고 했고 무서울 테니까 같이 가 준다고 했다. 그러니까 발소리의 주인 공, 강호와 같이 소리담 공원에 있던 사람은 바로 성찬이었 다. 성찬이가 발소리를 흘린 것도 철저하게 계획된 일이었다. 누군가 발소리를 듣고 의문을 제기하면 그 방송은 더욱 히트 를 친다. 사람들 입에 오르내리면 내릴수록 조회 수는 늘어 나니까. 그래서 성찬이는 먼저 발소리를 들었느니 어쩼느니 일부러 그런 말도 흘렸던 것이다. 구급차에 실려 가는 것도 성찬이의 계획 안에 있었다.

"나는 성찬이가 한없이 고마웠어. 파리만 폴폴 날리던 방 송만 하다가 처음으로 인기 있는 방송을 하게 도와준 성찬이 에게 어떻게 하면 은혜를 갚을 수 있나, 그런 바보 같은 생각 도 했으니까. 내가 유튜브로 돈을 벌면 반을 뚝 잘라 성찬이 에게 주어야겠다고 마음도 먹었어."

강호는 이렇게 말했다. 구급차에 실려 가고 나서 소리담 공 원 화장실 괴담 방송이 끝났다면 강호는 두고두고 성찬이를 은인으로 여겼을 것이다. 강호가 알고 있는 성찬이의 계획은 여기까지였다. 강호가 구급차에 실려 가고 난 뒤 성찬이가 화 장실에 들어갔다 나오는 것과 내가 강호를 미행하며 촬영하 는 것, 그리고 그 영상으로 성찬이가 새로운 방송을 하는 것 을 강호는 몰랐다.

방송을 보는 사람들이 화장실의 어둠에 익숙해지기 직전

세면대의 물을 튼 것도 강호였다. 방송이 끝나고 성찬이와 강호가 함께 수도꼭지를 잠갔다.

온몸이 덜덜 떨리더니 열까지 났다. 학교 가는 걸 포기했다. 이불을 뒤집어쓰고 방에 불이 날 정도로 보일러를 계속 틀어도 한기는 가시지 않았다. 이러다 얼어 죽을 수도 있다는 공포가 밀려들 정도였다.

물을 팔팔 끓여 마셨다. 목젖이 익도록 뜨거운 물을 마셨다. 그래도 추웠다.

뜨거운 물이 따끔거리며 목젖을 타고 넘어갈 때마다 성찬이와 강호 그리고 엄마의 얼굴이 번갈아 눈앞에 나타났다.

세상 모든 것은 변한다. 사람도 변한다. 나는 그걸 알고 있다. 하지만 눈앞이 팽팽 돌 만큼 빠른 속도로 변한다는 게 당황스러웠다. 공이 예측할 수 없는 장소로 튀듯 그렇게 변한다는 게 무서웠다. 뜨거운 물이 배 속으로 들어갔다가 도로 역류해서 입안으로 넘어왔다. 내 마음속에 있는 잊고 싶은 것, 생각하고 싶지 않은 것, 그런 것들과 뒤범벅이 된 듯 입안에 퍼지는 냄새가 메스꺼웠다.

나는 애써 그걸 도로 삼켰다. 메스껍기는 해도 뱉어 낼 수 없었다. 지금 내 입안에서 나를 메스껍게 하는 이런 것들이 어쩌면 나를 지탱하는 힘일 수도 있다는 생각이 들었다. 이런 생각을 하는 내가 멍청하긴 멍청하다. 하지만 나는 그걸 포기할 수가 없다. 뱉어 낼 수 없다.

뜨거운 물을 몇 컵이나 마셨는지 모른다. 어느 순간 몸이 따뜻해지며 꽁꽁 얼었던 몸이 사르르 풀리는 기분이 들었다. 나는 깊은 잠에 빠져들었다. 깊은 잠에 빠져드는 걸 나 스스로 느낄 수 있었다. 그래, 푹 자자, 백오라. 자고 나서 다음을 생각하자.

얼마를 잤을까. 이상한 소리에 눈을 떴다. 여기가 어디더라, 아, 집이구나, 지금 몇 시지? 이러고 주변을 두리번거렸다. 창문을 때리는 빗소리와 함께 울음소리가 들렸다. 울음소리는 처절했다. 나는 천천히 일어나 거실로 나갔다. 거실로 나가자 울음소리는 더 크게 들렸다. 현관문을 열었을 때 울음소리가 205호에서 나는 걸 알 수 있었다.

완전히 닫히지 않은 205호 현관문 틈새로 울음소리가 새어 나왔다. 나는 현관문을 열고 205호로 들어갔다. 205호 할머니가 주방 바닥에 앉아 울고 있었다. 얼마나 구슬프게 우는지 왜 우느냐고 말을 붙일 수가 없었다.

한참을 울던 205호 할머니가 울음을 그쳤다. 그제야 205호 할머니는 나를 발견했다. 놀란 듯하던 205호 할머니는 곧 아무 일도 없었다는 듯이 자리를 털고 일어났다.

"언제부터 거기 서 있었던 거냐?"

"아까부터요."

"우는 거 다 봤겠군."

"아주 통곡을 하던걸요. 나이도 많은데 동네방네 시끄럽게 그렇게 우는 거 쪽팔리지 않으세요?"

"쪽팔리기는 무슨. 그나저나 지금 이 시간에는 학교에 있을 때 아니냐?"

"학교 안 갔어요."

"왜?"

"그러는 할머니는 왜 울었어요?"

"에이그, 고분고분 대답하는 법이 없지. 쯧쯧, 이리 와라. 점심때가 지났는데 밥이나 먹자."

205호 할머니와 마주 앉아 밥을 먹었다. 신기하게도 밥이 들어갔다.

"그놈이 왔다 갔다. 와서 장롱을 뒤지다가 딱 걸렸지. 모른 체하려고 얼른 방문을 닫았는데 그만 그놈이 나를 보고 말았어. 나를 보자마자 내빼지 뭐냐. 가져가라고 둔 건 하나도 안 가지고 갔어. 가져가라고 소리 질러도 그냥 내빼. 에이그, 모자란 놈. 내가 집에 없는 날도 많은데 왜 꼭 하필 내가 집에 있는 날만 골라서 오는지."

205호 할머니가 밥을 먹으며 넋두리처럼 말했다.

"저놈의 휴대전화, 가져가라고 잘 보이는 곳에 놔뒀는데도 안 가져갔네. 안 가져간 건지 못 가져간 건지. 그렇게 모자란 놈이 집 나가서 무슨 수로 살아가겠다고."

"모자란 놈이 누구예요?"

물어보지 않으려고 해도 궁금해서 견딜 수가 없었다. 모자란 놈이 누군지 모르지만 205호 할머니가 가져가라고, 제발 훔쳐 가라고 눈앞에 대주는 것도 훔쳐 가지 못한다는 이야기인데 그렇게 모자란 사람이 누군지 알고 싶었다.

"세상에 하나밖에 없는 피붙이지. 열 살 때 아비 죽고 지 엄마가 키웠지. 그런데 지 엄마가 작년에 재혼을 했어. 그래서 우리 집에 오게 되었는데 올해 열아홉이야. 가라는 학교는 안 가고 유튜브인지 뭔지 하겠다고 그러더라고. 유튜브인지 뭔지도 고등학교나 졸업하고 하라고 해도 말을 안 들어. 그건 학교를 안 나와도 된다나 어쩐다나. 나는 어떻게 해서든지 고등학교는 졸업시키고 싶어서 말렸지. 그랬더니 어느 날 집을 나간 거야. 친구랑 같이 어디서 방 하나 얻어 알바도 하면서 유튜브를 찍는다고 하더라. 모자란 데다가 겁도 많고 착한 아이야. 그 착한 놈이 얼마나 어려우면, 글쎄 나 몰래 집에 와서 밥을 훔쳐 먹고 가겠니. 내가 없는 날을 골라서 말이다. 그러더니 조금씩 돈에도 손을 대기 시작했지. 하지만 큰돈은 절대 가져가지 않아. 내가 제발 좀 가져가라고 장롱에 큰돈을 넣어 두어도 말이다. 나와 마주치면 내빼기 바쁘다니까. 저 휴대전화라도 가져가서 유튜브인지 뭔지 제가 하고 싶은 거 했으면 좋겠는데 저것도 못 가져가네, 에이그, 모자란 놈."

밥을 다 먹고 과일까지 먹은 다음 205호에서 나왔다. 비는 여전히 쏟아지고 있었다.

나는 수업이 끝날 즈음 성찬이에게 전화를 했다.

"너 많이 아프다면서? 선생님이 가라에게 물어봤다더라."

가라, 내가 아픈 걸 어떻게 알았담. 하긴 학교에 왜 오지 않았느냐고 물어보면 가장 적절하고 그럴듯한 이유가 아프다는 거지.

"성찬아, 그 방송 계속할게."

"진짜?"

성찬이의 목소리가 한껏 높아졌다.

"응, 진짜. 다음 방송은 언제 할 거야? 틈을 주지 않고 바로 하는 게 낫지 않을까? 핫한 것도 시간이 지나면 식잖아."

"오라 네 말도 맞아. 하지만 뭘 방송할 건지 먼저 생각해야지."

"나에게 좋은 생각이 있거든. 이것도 강호 영상만큼이나 핫할 거야. 다음 방송은 나한테 전적으로 맡겨. 실망하지 않을 거야."

"강호 영상에 대한 건 다 잊은 거지? 그렇게 믿어도 되는 거지?"

성찬이의 말에 나는 쿨하게 잊었다고 말했다. 성찬이는 약간 미심쩍어 했지만 믿긴 하는 눈치였다.

성찬이는 바로 다음 방송을 예고했다.

토요일, 나는 방송 시간보다 훨씬 일찍 성찬이네 집으로 갔다. 성찬이는 내가 어떤 방송을 할지 궁금해했다. 나는 며칠 동안 궁금해하는 성찬이에게 방송에 대해 어떤 힌트도 주지 않았다.

"네가 강호 영상에 대해 나에게 한마디도 의논하지 않고 바로 방송으로 터뜨렸잖아? 그런 방법이 되게 스릴 있는 거 같더라고. 그래서 이번 방송에서는 나도 한번 해 보고 싶어. 그러니까 묻지 말고 이따 방송으로 확인해."

"믿어도 되는 거지?"

믿어도 되는 거지, 이 말에는 여러 가지 뜻이 들어 있다. 이상한 짓을 하지 않을 거지? 오라 네 실력을 다 발휘할 거지? 진짜 구독자들이 좋아할 아이템이지? 조회 수 책임질 수 있는 거지? 이런 뜻.

8시. 드디어 방송이 시작되었다.

- 안녕하세요. 오늘 방송을 시작하도록 하겠습니다. 저희 방송이 단 두 번의 방송 만에 구독자가 700명이 넘었고 두 번의 영상 조회 수도 하루가 다르게 늘어나고 있습니다. 많은 홍보 부탁드립니다.

오픈 멘트를 하는데 심장이 요란하게 뛰었다. 나는 스스로를 응원했다. 잘해, 백오라.

- 오늘 저희 방송이 파헤칠 핫한 이슈는 무엇이냐? 궁금하시죠?

나는 심하게 뛰는 심장을 잠재우기 위해 심호흡을 했다.

- 바로 <제대로 파헤쳐라> 방송을 제대로 파헤쳐 보는 시간입니다. 저희 방송을 파헤치는 시간, 기대하세요.

성찬이가 벌떡 일어났다. 성찬이의 표정이 흔들렸다. 나는 못 본 척했다.

- 먼저 저희 방송의 취지를 밝히겠습니다. 저희 방송의 취지는 유튜브 방송을 보는 시청자들을 방송이 얼마나 속일 수 있나, 그 궁금증에서 태어난 방송입니다.

'무슨 짓이야, 그만둬.'
성찬이가 입으로, 표정으로 말하고 있었다.

- 여러분은 어느 정도 속으셨나요? 강호 TV의 소리담 공원 화장

실 괴담 방송은 처음부터 여러분을 속이기 위해 기획된 방송이었습니다. 그리고 강호 유튜버를 미행해서 촬영하는 것도, 새로운 방송을 만들어 그걸 폭로하는 것도 다 처음부터 기획했습니다. 여러분은 어디까지 속으셨나요? 강호 유튜버와 성찬 유튜버에게 왕창 속으셨죠? 그렇다면 둘은 기획한 방송을 정말 훌륭하게 잘해냈습니다. 저와 성찬 유튜버 그리고 강호 유튜버는 이미 소리담 공원의 괴담이 가짜라는 걸 알고 있었어요.

소리담 공원의 괴담이 가짜라는 것을 알게 된 건 바로 어제였다. 강호와 성찬이는 아직 모르는 일이다. 어제 '오늘 방송을 어떻게 해야 성공할 수 있을까, 실패하면 안 되는데.' 하는 심란한 마음에 나도 모르게 소리담 공원에 갔다. 그런데 공원을 둘러보는 사람들을 만났다. 공원 입구에 세워진 자동차에 큰 회사 이름이 써 있었다. 우리나라에서 이름만 대면 아이들도 다 아는 건설 회사였다. 회사 옷을 입은 몇 사람이 소리담 공원을 둘러보고 자동차를 타고 간 다음, 같이 공원을 둘러보던 두 사람이 남았다. 나는 우연히 그 사람들이 하는 이야기를 들었다.

"여기에 오피스텔을 짓는 걸 얼마나 반대하는지, 아니 개인 재산인 이 땅을 시민들을 위한 공원으로 남기자는 게 말이 돼? 완전 금싸라기 땅에? 공원을 만든다고 해서 시에서 그 값을 다 쳐 주는 것도 아니고 말이야. 귀신 괴담은 성공이었지."

그 두 사람이 다른 자동차를 타고 가 버리고 난 후 나는 하도 기가 막혀서 한참을 거기에 서 있다 돌아왔다.

- 소리담 공원에는 곧 오피스텔이 지어집니다. 공원으로 남지 않기 위해 아기 업은 귀신 괴담을 일부러 만들어 퍼뜨린 겁니다. 소리담 공원에는 귀신 같은 거 없습니다.

채팅이 정신없이 올라오기 시작했다. 나는 읽지 않았다.

- 강호 TV의 화장실 괴담 방송과 〈제대로 파헤친다〉 방송은 오늘로 막을 내립니다. 세상에는 수많은 유튜브가 있습니다. 그리고 지금 이 시간에도 늘어나고 있습니다. 어떤 방송을 보든 판단은 스스로의 몫이지만 현명해야 할 때입니다. 저희는 곧 다른 방송으로 찾아오겠습니다. 다음 방송도 기대해 주세요.

나는 여유롭게 손을 흔들며 방송을 끝냈다. 성찬이는 아무 말도 하지 않았다. 성찬이네 집에서 나오려는데 성찬이가 그제야 말을 걸었다.

"그럼 소리담 공원은 영원히 사라지는 거야? 그냥 공원으로 남아도 좋을 텐데. 도심 속의 자연 공간인데 말이야."

"그러게. 어른들은 그런 것에는 관심 없나 보지, 뭐."

"그런데 방송을 할 거야? 어떤 방송인지 물어봐도 돼?"

성찬이의 목소리가 부드러웠다.

"지금은 안 가르쳐 줄래. 방송으로 직접 봐."

나는 성찬이에게 웃어 보였다.

집으로 오는데 강호에게서 문자가 왔다.

고맙다, 백오라.

문자를 보는데 웃음이 나왔다.

205호 초인종을 눌렀다. 205호 할머니가 부스스한 얼굴로 문을 열었다.

"할머니, 우리 유튜브 같이 해요. 아주 기막힌 아이템이 있거든요. 유튜브 제목은 〈기다리는 사람들〉이에요. 기다리는 사람들의 일상을 한 번씩 보여 주는 거예요. 어때요, 괜찮죠? 아휴, 이제 곧 인기 유튜버가 될 텐데 머리가 이래 갖고 되겠어요?"

나는 뒤죽박죽인 205호 할머니의 머리를 쓸어 넘겼다.

"피부도 이래 갖고 되겠어요? 마사지라도 해야 하지 않나. 할머니 손자도 볼지 모르는데 이렇게 못생긴 얼굴 보여 주면 안 되잖아요."

나는 205호 할머니에게 웃어 보이고 집으로 들어왔다.

하루빨리 205호 할머니의 손자가 나타나서 그 휴대전화를 가져갔으면 좋겠다. 구형이 되기 전에, 핫한 신형일 때.

그리고 엄마도 나와 205호 할머니가 하는 유튜브를 봤으면 좋겠다. 좋아요를 눌러 주다가 어느 날 나를 직접 보고 싶어 했으면 좋겠다. 그리고 라면 세 개를 사 들고 현관문을 열고 들어왔으면 좋겠다. 그날은 절대 라면에 달걀을 풀지 않을 거다.

　사람은 살아가면서 상황과 처지에 따라 변한다. 그리고 그것
은 당연한 것으로 받아들여진다. 맞는 말이다. 수십 년을 살아
가면서 어떻게 변하지 않을 수가 있나. 하지만 그럼에도 불구하
고 변하면 안 되는 것이 있다. 바로 '나'다.

　학창 시절 친했던 친구가 있다. 언제 어느 상황에서도 당당한
친구였고 가난하다고 해서 부끄러워하지 않았다. 그때는 학교에
도시락을 싸 들고 다녔다. 사춘기 시절 도시락 반찬이 뭐냐에
따라 목에 힘이 들어갔고 부끄러워하기도 했다. 그런데 그 친구
는 늘 부실한 반찬을 싸 왔어도 당당했다. 아는 선배에게 무릎
이 해진 체육복을 물려 입어도 당당했다. 그래서 그 친구가 좋
았다. 그 친구를 훗날 우연히 만나게 되었다. 내가 작가가 되었
다고 하니 걱정부터 했다. 인세가 얼마나 되냐? 책 써서 먹고살
수는 있는 거냐? 그러면서 자신의 연봉이 얼마이고 얼마나 여

유롭게 살고 있는지, 일 년에 한두 번씩 어디로 여행을 가는지 자랑을 늘어놨다. 오랜만에 만나 얼굴을 마주해서 헤어지는 순간까지 오로지 돈 얘기만 했다. 그녀와 헤어지고 나서 오랫동안 씁쓸했다. 나는 그녀가 걱정하는 만큼 어려운 처지가 아니다. 그럼에도 불구하고 그 친구는 자신의 잣대로 사람을 재고 있었다. 내 추억 속의 그 친구는 죽고 없었다.

인기와 돈으로 사람을 판단하는 세상이 되었다. 누가 무엇으로 인기를 얻고 돈을 벌었다고 하면 너도나도 그쪽으로 몰린다. 너도나도 몰리다 보니 차별화가 되어야 살아남을 수 있다. 더 자극적인 걸 찾다 보니 '나'를 잃어버린다. 내가 뭘 꿈꾸고 추구하던 사람이었는지 까마득히 잊는다. 안타까운 일이다.

나는 이 책에서 우리가 지켜야 할 것들에 대해 이야기하고 싶었다. 그렇다고 해서 지금 세상에서 뒤지는 사람이 되라는 말은 아니다. 현재를 살아가야 한다. 지금 가장 핫한 사람을 꿈꾸고 그것을 향해 달리는 것은 죄가 아니다. 사람이라면 모두의 중심에 서고 싶은 욕구가 있다. 하지만 나를 지키자는 것이다.

나는 누구인가?

성찬이와 강호와 205호 손자 그리고 오라 엄마가 자신의 자리로 돌아왔으면 하는 마음이다. 자신을 지키면서도 핫한 사람이 될 수 있다. 모두 파이팅이다!

박현숙

마음을 꿈꾸다 05

유튜브 라임

초판 1쇄 펴낸날 2021년 10월 24일 **초판 2쇄 발행** 2022년 10월 14일

글 박현숙

펴낸이 허경애

편집 유지서 디자인 최정현 마케팅 정주열

펴낸곳 도서출판 꿈터

출판등록일 2004년 6월 16일 제313-2004-000152호

주소 서울시 마포구 양화로 156, 엘지팰리스빌딩 825호

전화번호 02-323-0606 팩스 0303-0953-6729

이메일 kkumteo77@naver.com

블로그 http://blog.naver.com/yewonmedia

인스타 kkumteo

ISBN 979-11-6739-037-0(44810)

꿈꾸다 는 꿈터의 청소년 브랜드입니다.